妻琴の記

臼庭京子
Kyoko Usuniwa

文芸社

目次

妻琴の記

第1章　出会い

見送る人もなく、ただ一人逃れるように故郷へ向かったのは、彼が去って数ヶ月後の霧雨けむる夕刻であった。宝石の灯が鏤《ちりば》められたような東京の輝きは、そこに住む魔術師のような男と熱病に浮かされた女の恋などとは、無関係に光り競っていた。角膜に飛び込んで来た全てのものが歪み、ピントの外れた瞳からあふれる涙は、いったい誰のために流された涙なのだろう。何もかもが終わったとともに、私の再出発の地となる上野駅。次第に遠のきゆらめく灯。心の手を都へ、さらには去った彼へ向けて振っていた。

故郷の福島県いわき市の平《たいら》へ着いたのは人通りもまばらな午後八時を少々回ったころ。ネオンの瞬く同じ日の夜であった。東京で降っていた霧雨とは無縁な、天上高い夜空に故郷の丸い月と星がひときわ輝きを放っていた。タクシーを拾い、新舞子浜へ向かう。時折、話しかけてくる運転手に曖昧な返事をする代わり、にこにこと作り笑いをして応えた。

走り続けること二十分、新舞子浜近くを確かめると、夢中で車を降りて駆けていった。一刻も早く、息をしている人間というものから離れたかったからである。

肌刺す風、虫の声、自然の全てが孤独に咽び鳴いていた。

松林で巡らされたキャンプ村を抜けると、そこには別世界が開かれていた。

足元には砂浜。目前には太平洋の荒波が、忘れられた秋の海の孤独をひしひしとかみ締めていた。最初は招かれざる客とばかりに荒々しい潮騒を轟かせていたが、やがて次第に優しい秋の海鳴りへと変わっていった。思わず流した涙は一粒の重みある露の玉となって落ち、月光に光る貝殻をも濡らしていった。長い月日忘れ去っていた。尊い心からの涙であった。

それからどのくらいの時間が過ぎ去っただろうか。静かに開く私の瞼に、見知らぬ女性二人が大きく映された。夢の延長のように信じがたい、現実の中での出来事であった。瞬きを繰り返す私の瞳を覗き見る一人の女性は、六十近い年配だ。

彼女は私と目が合った瞬間、「良かったわね」とこぼす息のように微笑んで言った。微笑みを作る顔中の小さな皺までが、まるで深い溝にでもなったのではないかと驚かせるほど、白い歯を覗かせ、豊かな表情で微笑んでいたのだ。

その女性の斜め横に正座し、私の一部始終を細身の全身で見守る三十近い女性は、その女性と母娘であることを告げる大きな黒い瞳をしていた。その瞳には、涙が光っていた。

私を囲むそれらの人々の顔、態度からすぐ東北人だと読み取ることができた。

しかし、介抱を受け、気づいた瞬間は、ここがどこなのか分からないまったくの未知の世界での出来事に感じられた。

なぜこの家へ運び込まれたかを知らされたのは、私の回復をみた翌日の昼過ぎであった。

青空に時折流れるような白雲の美しい、暖かい日であった。

最初遠慮がちに話される娘さんの小さな唇からは、思いがけぬ心の震えと高鳴りとが強く感じられた。

「あなたが自らの命を絶とうとなさった日は、私が決めた弟の命日でした。物言わぬ遺体となって発見される前夜遅く、新舞子浜を訪ねたらしいことを知り、一人寂しく散ったその日の夜を弟の命日と決めていました。そして、今年で三年目のお参りをしての帰り道での出来事でした。突然愛犬ポリがけたたましい声を上げて鳴き、夫がその後を追ったのです。駆けて百メートルもしない近くで、今まさに大海目指して突進しようとなさっているあなたを発見し、素早く倒したのだそうです。その勢いであなたは意識を失われたようでしたので、往診を願い、その上でこの家へお連れしたのです。多少の心臓異常と、それに伴う貧血とのことでしたので、本当に安心しました」

乱れを知らない丁寧な口調で話し終え、彼女の唇が閉じられた。

彼女の心のこもった話から、あふれ出る涙の中から、波の間から彼に手招かれた気がして夢中で波間に飛び込んでいったような、かすかな記憶だけが蘇ってきた。

目にする彼女たちへの珍しさの上に、さらに驚かされ、かつ喜びとさせたのは、私の生命を賭けた琴が、静かなる住まいの一室に置かれていたことであった。

その瞬間には半身起きかけていたが、再び娘さんに抱きかかえられていた。

「今日の海はとても静かですよ、あなたの心のように。あなたは昨日を境に生まれ変わったのです」

再び起き上がろうとする私を軽く押さえると、彼女に替わった年配の女性が、付け加えるように静かな口調で語り始めた。

「どのような苦悩がおありになったのかは存じませんが、無茶をなさってはいけませんね。人間が神から与えられた意義ある命を放棄するということは、一番罪深いことであり、業から避難して安楽な道を求めるに等しい行動の一つとも言えるのです。生があり、死があるように、いずれは辿らなければならぬ道。だからといって死にたがったり絶望したりするのではなく、与えられた短い人生をいかに立派に生き抜くかによって人間としての本当の価値が認められるのだろうと思います。命があればこそ、こうして心の触れ合う会話ができるのですもの。人間は正道に生まれておれば、必ずや幸福が訪れますし、それを心から信じて生きてゆくことが大事だと、私自身の信念としておりますの」

松林で囲まれたこの家の窓越しに見えるはるか遠い水平線から、かみ締める言葉とともに視線が引き、彼女の瞳は私の瞳に戻されていた。

励ます彼女の声が沈黙の中に吸い込まれた後、初めて現実のあの夜の出来事が鮮明に蘇ってきたのであった。

その夕刻には彼女は尾瀬奈都美、その母は里美という名であることを知ったのである。

彼女たちの厚意に甘えての一週間は、瞬く間に過ぎ去っていった。

二人の心遣いで私の両親へは何の連絡もされず、いよいよ帰京となった前夜、細《ささ》やかな中にも心のこもるお別れパーティーがおこなわれた。その席上には私の命の恩人である二人の愛犬ポリと、奈都美さんの夫もいた。

彼とは意識が回復してからの初対面であったが、同時にそれがお別れパーティーともなってしまった。

パーティーが進んで間もなく「ゆっくりしていたいのですが、どうしてもしなければならない用事がありますので、これで失礼させていただきます」と立ち上がる彼は瞬時私へ視線を投げながら「とにかく何事も思い切りぶつかって生きてみることですよ」と哀れみを含む数少ない言葉ながら、ぴりりと引き締まる口調で言った。

立ち去る後ろ姿をただぼんやり見送るだけの私であった。

私の心中を気遣った奈都美さんは微笑むと、私の右手を取り夜の海に向かって歩き始めた。
一、二分、二人は無言で歩いていた。

ふと気づいた耳元に、美しいハミングが流れていた。彼女の声の流れであった。

最初は彼女らしい小さなハミングであったが、次の瞬間には繊細な彼女の声とは思えない、響きある歌声が海鳴りの中へと吸い込まれていった。

聞き覚えのないメロディーになぜか涙があふれた。

秋の海鳴りはいっそうの親しみを増す快い音色のように響きある怒濤となっていた。

「ね、弘子さん、人間って幸福を持つ人より、不幸を持った人の方がはるかに多いような気がします。私もその中の一人なのよ。弟が自殺する一年前までは、不幸というものを少なくとも現在よりは知らなかったと思います。父が病院を捨て、ある看護師と駆け落ちした時から、不幸というものを知りましたの。地位、名声、財産の全てを捨ててまでなぜ病院を去ったのか、私には未だ解けぬ謎のように思えます。東京でその方と一緒であるとか、別れたとか様々な噂が乱れ飛んでおります。狭い田舎だけに、仕方ないことです。当時、弟は外科医を目指す医学生でした。それだけに、ショックのあまりノイローゼ気味となってしまったのでしょう。帰郷して半月後にはこの海へ。二十一歳の若さで散ってしまいました。病院は皮肉にも、私との婚約を解消された彼の父親に買い取られました。翌年の春、挙式をする予定でしたが、私どもの手落ちということで仲人を通じて解消しました。人間の不幸って連鎖反応のように続くという教えを受けたのです。苦労知らずの生活だっただけに、尚更身に堪えたのかもしれませんけれど、一時は人間全てを憎悪しました。でも今は誰も恨んでいません。むしろ世間という人間社会の大きな心組織と言いますか、心と心の駆け引きという無力の力を学んだように思います。苦悩に喘ぐ私を励まし、現在の強い私を作ってくれたのが、あなたの危機を救った人、先ほど帰った夫なんです」

彼女の心の震えが私の心臓に直に伝わると思われるほど、胸詰まる話であった。

一時の苦しみは現在の幸福の中に埋没し、幸福に輝く女の姿となって現されていた。

つい何十分か前に見た赤みある月は、いつしかやや高い空に昇り、辺り一面を青白い月光が照らし出していた。一切れの白綿をふくらませたような雲は、月を一段と印象づけるかのように静止している。

美しい自然に心奪われている私を呼び戻すかのように、温もりある彼女の手が、私の両手を強く握りしめた。

温かい心を融合させるように二人抱き合い、そして笑った。笑っても笑っても、なぜか涙は止めどもなく流れた。

翌朝には思い出と出発の地となった新舞子浜を後にしたのである。

奈都美さんとその母との見送りを受け、別れを惜しむ心を引き裂くように、けたたましい発車合図のベルが構内に鳴り渡った。

その時であった。奈都美さんとの別れの握手をするために延ばされていた私の手の平に、名も知らぬ薄紅色の貝殻が一つ、握らされていた。

　彼女から贈られた貝殻を握りしめたのと、ほとんど同時に列車は静かに滑るように走り出し、速力を増していった。やがて彼女の姿が私の視界から完全に消えると、急に泣き虫な私が戻ってきた。周りに乗客がいなかったら、大声で泣き出したに違いない。それほど、私は弱気になっていた。

　逃れるように上野駅を発ったくせに、今こうしている一分一秒刻々と、再び上野駅を目指して近づいている。今までの出来事がまるで嘘か夢か、体験の全てが、ほんの偶然の中での出来事に過ぎなかったのかもしれないとさえ思えた。思考力を逸した人間から正気に戻ったのは車中の人となって一時間半近く経ってからのことであった。平駅を発った時の空席は、いつしか老若男女で埋められ周りはしきりとざわめき始めていた。

　いつ腰掛けたのか、我に返った私の横に見知らぬ中年女性が微笑みながら梨の一つを差し出していた。気の進まぬ無愛想さで受け取り、無言のまま握りしめた。

　最初、その女性は怪訝そうに列車の窓越しから移り変わる景色を見る風で、ちらりと盗み見る視線を二、三度続けていたが、それっきり話しかけようとはしなかった。

「水戸、水戸」との構内アナウンスに混じる、名物羊羹、納豆売りの声も心なしか張りを失っているように聞こえる。

数十秒間の停車の後、水戸駅を発つ。

なにも買う必要のない私は、列車の窓際に肩を寄せ、目を閉じた。

たった今窓越しから見受けた人々の姿を、ここから素早く消し去るためでもあった。

中でも一年数ヶ月の子どもを抱いた夫婦の幸福な微笑みを目にして流す、身を切られるような不幸の涙を隠すためでもあった。

彼が去ってからというもの、この一見幸福そうな親子の姿には完全に弱くなった。だが見まいと望む心とは逆に、まるで悪夢でも見せられるがごとく、目の中に飛び込んでくる。

そして耐えがたい苦痛の末に、心の奥底から、むらむらと燃え上がるような嫉妬心を、どうすることもできず持て余す。その後には、必ず不幸の涙が重苦しく流れ、その姿に敗れる私。かつての私からは想像もつかない、幸福を逃した女の姿であった。

終着の上野駅に着いたのは、鉛色の厚い雲が幾重にも空を覆いのしかかる、夕刻であった。

いつもなら上野駅で微笑みながらも不安げな面持ちで迎えてくれた彼の姿は、もう二度と見つけることはできない。いるはずのない彼を探しでもするかのように辺りを見回す私自身を恥じ、そして誓った。出発点に帰り着いた今日の日を最後に、永遠に忘却の人としてしまうのだ。

そして二度と彼の住む街を訪れることはない。

その夜には、北多摩の姉宅へ身を寄せ、翌日には心身ともに回復の兆しが見られた。

それから半月後、私自身思いもよらぬ妊娠二ヶ月を知らされ、また半年後には再び故郷での出産に一人帰ったのである。季節外れの翌年三月十七日、その日は珍しく春雪の舞う正午少し前であった。

姉宅から回送されてきたのは、忘れもしない隣町の、奈都美さんからの一冊のノートだった。

（このノートはあなたとの手紙を綴ったもので、母の枕元に置かれていたのですが、母・里美は二月十日、看病も空しく他界してしまいました。母の形見の品として、あなたのお手許にお納めくださいますよう、亡母に代わってお願いいたします）

という手紙が同封されていた。

隣町という近くにいながら、妊娠のため世間から隔絶された生活となっていた私は、重なる苦痛の中で、在りし日の里美さんの姿を鮮明に思い出していた。

彼女の墓参りに訪れたのは、それからしばらくしてからのことであった。私が女児を出産し、不安のある心臓の回復を待ってからのことである。

すでに奈都美さんも一児の母となり、妻としての幸福に満ち満ちていた。そこには普通なら気にするに値しない、一人の見慣れた妻であり、母でしかない姿があった。私も女に生まれ、同じ一児の母親となり、当然のように喜びを与えられた。しかしその喜びは、瞬間的な、はかない喜びでしかなかった。

父親のいない子ども、夫のない妻という罪の意識を、奈都美さんのあまりに自然な姿に触れ、思い知らされたのである。その子は、いほりと命名され、姉夫婦の正式な子どもとして、引き取られていった。

哀しい寂しい別れであった。

それから十年近くの歳月が過ぎ去っていた。

病床の身で叔母、姪として、その子いほりと再会してみても、手放す時なぜあのように苦しんだのか不思議なほど、懐かしさは戻ってこない。歳月が心通いあうものを失わせてしまったのだろうか。今静かに瞼を閉じ、再会となった我が子いほりの声を小耳に挟みながら、私の全生涯を心の中で振り返っている。

＊　＊　＊

心臓弁膜症と宣告され，死ぬるを待つも等しきを知る。

若さに輝くはずの、十四歳の九月。私にとっては、急性リュウマチ熱から弁膜症の宣告を受け、哀しみ喘ぐ苦悩の時代でもあった。そのころ死は甘いささやきを持って私を魅了し始めていたのである。健康という身のありがたさを痛感した時にはすでに遅く、健康は病身となった私の、生涯の憧れとなったのである。

二度目の病状悪化は、大学進学という、青春の中でもっとも大きな夢を抱いている真っ直中であった。しかしついに弁膜症という負担が、私にその夢を捨てさせてしまった。その後は、自身の運命に涙のある限り泣き、世を恨み、神を憎んだ。

それでも生きなければならぬ教えをさとらなければいけなかったのである。

「大学進学も良かろう、しかし大学進学だけが学問の道ではない。大学進学よりさらに難関な税理士の道を選べ」

恩師の一言は死の道から私を救う、決定的瞬間となり、その後の生活を明るいものとしてくれた。私には、病身となっていても変わらぬ勝ち気さが息づいていたのである。その生活に満足しきれない、いうなれば意欲という生きる道しるべであった。一度は失われていた学問への新しい情熱が、沸々と頭をもたげ始めたのである。

しかし情熱の息吹をみながらも、弁膜症への不安は一分一秒も忘れることはできなかった。それは病身という最大の不幸以外の何ものでもなかった。

そのような自身の体を試すとも言える良い機会に恵まれたのである。

数年来かかりつけとなった医師の紹介で、北仙大学の心臓カテーテル検査へ行くことになり、生まれて初めて仙台の町を訪れた。十二月十五日のことであった。

列車で一時間もしたころ、畑、山々には白雪が舞い降り、東北の冬は、かなり厳しいものであることを知った。仙台の町は都会的雰囲気の中にも東北らしい落ち着きある静かな佇まいを感じさせ、それ以来私の大好きな町の一つとなった。

私の病室は研究室と検査室に挟まれた一人部屋で、真夜中に実験犬の叫びに跳び起きたことも二度や三度ではなかった。

カテーテル検査も終えたクリスマスイブの二十四日には、二日前から降り続いていた雪もやんでいた。雪化粧された庭々の手の届く限りの雪をかき集め、握ってみる。白綿のような雪は、見る間に温もりある手の中から涙のようなしずくとなって、したたり落ちた。幼い日に幾度となく握った雪、忘れ去っていた日の懐かしい雪であった。

寒月に光る雪、どこからか響く鐘の音、今夜は心なしか最初訪れて聞いた日よりもいっそう冴々と聞こえた。消灯された雪明かりで病室の中も十分明るく見えた。いつも騒ぎたてる実験犬も、クリスマスイブの祝福を受けているのか、雪のように静かだった。

そして無神論者の私も祝福を受けるべく安眠についた。どのくらい眠りの中にいたのだろうか。突然静寂を破って若者の歌声が病室にこだました。健康的な青年の歌声であった。余韻のように残る歌声が、いっそう青年を慕わせ空しい涙が横たわるベッドに流れ落ちた。すでに東の空は白みかけ、明けの明星が一つ寂しく、しかし汚点のない輝きで光っていた。

光なき、孤爪をみつつおる窓の下に　実験犬の鳴き声こだます。

翌二十五日抜糸、医師の許可が下りるや否や突然帰宅し父母兄妹を驚かせた。十日間ぶりの懐かしい我が家であった。

私の帰宅を待ちかまえていたかのような見慣れた温かい文字が一束となって目に飛び込んで来た。五年間の文通から二度会ったその日を境に、友情から愛情に変わった彼の恋文であった。

弁膜症という病名を背負ってからというもの、息つくそのことだけにも苦痛を感じていた私には耐えられぬ恋の重荷であった。自惚れではなく、愛することより以上に愛されることを、もっとも恐れ嫌っていた私なのである。自身の幸福を願い彼の幸福を願うのなら、愛すればこその別離としなければならないのだと、心に深く誓ったのである。

友情から愛情に変わってからなお三年間の文通が続けられた。八年間という文通交際を通し、四度の出会いの後、決定的別離をしたのである。自ら去ったとはいえ、まったく孤独だった。心の戦いは前にも増していっそう激しくなっていた。

自分では覚悟していたつもりでも友情、愛情と捨てた後、初めて心通じあう結びつきであったことを自認したのである。八年の歳月に友情の芽を摘み、愛情の自然な開花をみるべく努力してくれた貴重な彼だった。それから半年後の一月六日、山をこよなく愛した彼は、年明けて間もない谷川岳の冷たい山肌に自ら命を絶ってしまったのであった。

その事実を知ったのは、彼の遺体発見後の二月十日、彼の母親の便りによってであった。母親の便りとともに懐から発見されたという、遺書が同封されていた。

僕の心に山があり、山の心に僕がある。

自然は素直に優しい山から、恐ろしい山へと、山男を誘惑する。彼の言わんとする全ての意図が、短い走り書きに納められていた。彼の死は、生涯離れぬ心の負担となって、私の心にとどめられた。

翌十一日、彼の両親へお詫び方々、私の魂を宿す琴爪の一つを、彼の墓地へ埋めてほしい旨の手紙を添えて送った。折り返し、希望通り彼の眠る墓地へ埋めてくれたとの返事が寄せられた。

そして三月末日、彼のかつての岳友であった、あるパーティーの厚意によって谷川岳へ同行させてもらった。しかしそうまでしても、彼の死は、まったく信じ切れなかった。見上げる山肌は厚い雪に包まれた、物静かな美しい山に過ぎなかった。が、その一面には厳しい岸壁が雪下に隠されているのを感じ取ることができたのである。弁膜症のため、登山できない私は、残る琴爪のもう一つを、彼の遺体発見となった場所へ埋めてほしい旨を告げ手渡した。快く引き受ける逞しい山男の瞳からも涙が流れ、谷川岳の肥沃な土に静かに吸い取られていった。

登山口に私と、山男の一人を残すことを気遣うように、二、三度大きく手を振りながら登り始めた。私はただぼんやりと彼らを見送っていた。彼らの姿がかすかな影のようになりかけた時、登る三人の山男の姿に混ざって、帽子をかぶった彼の姿をみつけた。一瞬瞬きし、再び確かめてみた。しかしすでにその時、彼らは濃霧の中に消えていた。もちろん彼の姿などあるはずはなく、幻を追っている私なのであった。

そして今は亡き彼への気持ちを整理すべく、黙禱を捧げ生前届けられた手紙を読み返し、一枚一枚火を放った。天高くと舞う炎に、私のお詫びの心が届くことを願い、一字一句の筆跡に惜別の涙が流れた。

このところ毎日鬱陶しい日が続きますが、その後お変わりありませんか。

僕らの文通も長く続きましたね。これからもよろしくお願いいたします。

しかし最近はご無沙汰ばかりで、日一日と何となくあなたと遠く離れていってしまうような気がしてなりません。

これからは時あるごとに書きますからあなたも無理のない範囲内で、たくさん書いてください。

この頃東京は少しも落ち着きがありません。

政治の貧困と言ってしまえば、それまでですが、もう少し国民全体に国家の政治への関心、政府、議会、政党への正しい見方、批判があれば、これほどまでに混乱は起きなかったでしょうし、痛ましい犠牲者も出なかったでしょう。そしてまた政治家たちにもっと正しい判断力と理性があり、政党のための政治でなく、政治家自身のための政策や外国交渉でなかったら、そして国のため、国民のための政治であるという自覚を持てていたら、こんなことにはならなかったと思います。

政治とはもっと広く、国民全体のための利益を目的とすべきもので、一部の政治家や実業家、そしてごく一部の産業のためであってはならないと思います。

生活困窮者や、その他の社会設備、住宅、上下水道、毎年年中行事になった台風による被害への対策、道路、教育など大切な国民生活にとって、もっと重要なものはたくさんあるのに。どうしてそれらのものが毎年ほんのわずかのお金でお茶を濁され、申し訳程度のことしかなされないのでしょうか。

結局は今の政府、いや全ての政党、政治家が、ほとんど全ての人々が国民全体のことでなく自分らの利益、または、それに付随するところの派閥争いに原因があると思うのです。

何だか堅苦しいことを書いてしまって、ごめんなさい。

最近は山行が少々激しくなったようです。

連日の勤めで過労気味になり、土曜日となるとザックをかついでフラリとどこかへ行ってしまうのです。

主に谷川岳、奥秩父方面ですが、いつも単独行なので、周囲の人々が心配したり冷やかしたりしています。

え、何と冷やかすかって、例えばね、人に見せられないような美人の恋人がいるんだろうって。そしていつも山でデートするのだって、言うのです。

あんまり突飛なのでおかしいやら、そんなことになったら良いな、なんて良からぬ想像をしてニヤニヤしています。

でもやはり僕は人を避けて一人で山を歩くのが一番性に合っているようです。

また、それで良いと思っています。

人を愛したり（女性と）デートとかなんかしたりするより山へ行って花を見、小鳥の話を聞き、谷川の冷水をのみ、岩魚と話をする方が良いのです。少し変わっているかな。

しかし本当は、やはり会えば苦労や疲れを吹き飛ばしてくれるような優しい恋人がいれば、いいなあと思っているのです。

もっともそう思っているだけで、一向に実現はしませんが夢であるところに良さがあり、若さという証明になるのかもしれません。

長々書いてしまいましたが今日はこの辺でペンを置きます。

暑さに向かう折柄、くれぐれもお身体を大切に。

ではまた。

弘子様

智博拝

この手紙が友情の最後の手紙となり、五年間保たれていた友情に終止符が打たれたのである。

そして愛情に変わった手紙が届けられるようになった。

このところ、はっきりせぬ天気が続いておりますが、身体の方はいかがですか？
大事な体ですからあまり無理をなさらぬ方が良いですよ。

一昨日久しぶりに医者である友人に出会ったのであなたの病気のことを聞いてみたのです。詳しいことが分からないから何とも確答はできないが、普通なら手術すれば、それも若いうちなら大抵治るのではないかとの答えでした。

なぜこのようなことを友人に聞く気になったのか分かりません。しかし彼が医者であると思いついた途端、どうしてもあなたの病気が治るものか治らぬものか知りたかったのです。もちろんその答えが暗いものであっても、僕の気持ちに変わりはない自信がありましたが、やはり、どうにか希望のある答えであるようにと、心の中で手を合わせていたのは事実です。

結婚などということも、まあ後三、四年はしないと、やはり経済力がありませんし、経済力の不安定な結婚は、いつかはそこから夫と妻の間に、溝をこしらえていくとも思われます。

それにどこといって取り柄のない僕などの妻になってくれる女性がいるかどうか。

あなたのような人がなってくれたらとも。怒らないでください、時には、最近では終始そう思っているのです。

あなたになってもらえたらと。

もっとも女性のあなたにとって、現在経済力もなく、何年か先の妻などと言われたところで、迷惑かもしれませんが!

でもなぜあなたは結婚を嫌うのでしょうか?

病気のせいですか、しかしそれならば、手術で完治とまではゆかなくとも治るはずですし、また仮に治らなくても、お互いの愛情で十分にカバーできるはずです。

必ずできるはずです。

あなたと初めてお会いした時、新舞子浜に行きましたね。

あの時、恥ずかしい話ですが、突然、あなたを抱きしめてしまいたいような衝動に襲われました。

しかしそれを強いて抑えたのは、多少残っていた理性と、何かあなたから受けた、何とも言えぬ美しさからだったと思います。

あなたがもし健康上の理由から結婚を嫌うのでしたら、あなたの体が元通りになるまで、何年でも待ちます。

もし他の理由ならば誤っています。

自然が人間に与えた義務であり、権利であると思うのです。

でも無理強いはしません。

長々と書き連ねてしまい、お気を悪くなさった点もあるかもしれませんが、許してください。

ご迷惑とは思いましたが、恥ずかしいのを我慢して、心の中にあるのをそのまま書き記してしまいました。

仕事をしていても、ふとあなたのことを思い出しては、机の引きだしに入っているあなたの写真をそっと見て、思わず心の中で話しかけているのです。

今何をしているのか、体の具合はどうなの、僕の方はあまり愉快でないけれど、どうやら我慢していますから、ご心配なくと。

苦痛ですが、希望は捨てぬつもりです。

夢で見るのもあなたのことばかりですが、夢じゃ仕方ないです。

ではおやすみなさい。

弘子様
智博拝

谷川岳の一ノ倉奥壁、一ノ沢、メレンゼ、そして穂高岳の東壁と登り続けました。全てを単独で。これによって自分を抑制できるなら、たとえ登山中転落死しようと、どうなろうと良いとさえ思いました。

でも垂直に近い岩壁にへばりつき、ハーケンの鳴く声を聞いているうちに、いつもあなたの顔が浮かんでくるのです。

そしていつも壁を登り切ったところに、あなたが笑顔で待っていてくれるような、気持ちになってしまうのです。

弘子様

智博拝

この彼の手紙に対して、はっきりした記憶はないが、あまりの激しい山行に、もしも私の弁膜症が完治し、結婚できるという生活状態になった時には、喜んであなたの元へ参りましょう、という旨の手紙を書き送ったような気がする。完治し得ない心臓が故に、割り切った手紙を出せたのである。北仙大学での診断も下され、一生涯この不幸から逃れきれないことを、暗示的に知らされていたからでもあった。

私の病気、増幅弁閉鎖不全症は大動脈閉鎖不全症という病名であり、万一手術を要するとしても、現在の外科医学では、まだまだ難儀な手術であり、成功率はかなり低いとのことである。幸いにして、手術を要さぬ私は、心臓病に苦しめられながらも、生きながらえる命が保障されたのである。


このところ暑さも幾分和らぎ、夜等は肌寒くすら感じますが、そちらはいかがですか？

もう危険な登山はしないことにします。

あの冷たい岩壁を一人で登っている時が、一番本当の僕を表しているのです。そして忘れることができないのですが、あなたへの僕の気持ちが本当であるということの証明に、今後岩登り、その他危険な登山はしません。

将来本当に僕のところへ来てくださいますか。

こんな僕のところへ。

ただ父母とは将来も一緒に生活することになるかもしれませんが、それは先のこと。僕の経済力にかかるわけですが、頑張ります。

僕はあなたが病身だからという同情心や何かで、こんなことを言い出したのではないのですから、本当にあなたを愛しています。

一人でいる時など、ふとあなたのことを思い出すと、その場から飛んでいって、あなたを思い切り抱きしめたいような気持ちになるのです。

そして会社などで、嫌なことがあると、あなたの胸の中で優しく慰めてもらいたいような気持ちになってしまうのです。

今の僕には、あなたの心と、あなたが生活の励みなのです。

今夜は月が出ていますが、他に星も見えず空は暗いです。どこからか静かな音楽が流れてきます。

あなたも、僕と同じように遅く帰宅し、音楽を聴きながら、一日の疲れを癒やしているのでしょう。

さあ明日はまた一日中頑張らなければなりません。

もっと書きたいことはあるのですが、この辺でペンを置きます。

慎みのないことを書いてしまってごめんなさい。

弘子様
智博拝
この手紙が届いたのは、三度目の再会の後、私が最後の別れを決意した後であった。

プロポーズされた時、全身の血液が大地に吸い込まれるかのように引いていき、もはや立っているのがやっとだった。何の返事もしないまま、帰京する彼を見送った。

もしあなたと別れるのなら、たとえ人から嘲笑されようと、何と言われようと、自分の命も全て棄てます。

弘子さんへ

智博より

再び彼は山への愛着を取り戻し始めた。

悩み多い彼へ援助を与え、力になってあげなければと思いながらも、彼からの手紙を拝読後、すぐさま会えない旨を送ったのである。

再び肺炎併発となり、病床生活となった私はこの彼からの手紙の返事を最後に、別離を決意し、永遠に出さずじまいとなった。私への愛情と、仕事への悩みが重なった彼は、ついに生の最後まで愛し続けた冷たい山肌に、自らの命を絶ってしまったのである。

しなびたる　母のちぶさくわえおる
十五になりし　妹叱りぬ

その彼女がもはや十八の娘に成長し、父母兄妹から離れての生活が何の不思議でないと知った時、私もまた、遅かれ早かれ親元から去らねばならぬと、決心がついた。

二十四歳と言えば結婚し家を出る年齢。だとすれば、嫁にという違いはあっても、家を出るには変わりない。結婚したつもりで、この家を出ようと決心し、東京の姉に相談の手紙を出した。当然反対されるであろうと思っていた姉から、明るい便りが来て、私を喜ばせてくれた。湖月家での私の人生、二十四年間の歴史が今閉じようとしていた。


上京後、勤務にも慣れ始めて一週間後、名も知らぬ一人の男性が、私へそれとなく好意を示しているらしいことを知った。私自身、その人を見た瞬間、あるいは二十四年間求めていた理想を、そっくりそのまま背負って現れ出たのではないかと思ってしまった。それが、恋心という美しい誤解の始まりだった。

その人の姿が完全に消えたのは、それから二ヶ月後であった。会えなくなった後、初めて、その人の名を知った。私と同い年の、波立凌という青年であるとのことであった。もしも、再会をもう一度許されるのなら、私から勇気を出し、会話を試みようと、はかなくも真剣な望みを抱いたりもした。

しかしその人のことは、いつとはなしに忘れていき、やがて諦めへと変わっていった。それがその日、何の奇縁か、彼と行きあったのである。琴の稽古に通う道すがら、その人との偶然の再会を夢見、あてもない人からの話を待っていた。

波立青年が、半年ぶりに、しかも私の日直の日に、突然姿を現したのである。吸い込まれそうな五月晴れに、綿をふくらませたような白雲が棚引く、うららかな日のことであった。

私が弁膜症と知った時、おそらく彼は去るであろう。それを考えるとたまらなかった。かといって、愛する人を不幸に陥れるような愛はいけない。忍びない。そっとこのまま縁なき人として、遠くから眺め、一人苦しみを終えたいという気もする。

彼は会計士の資格を取るべく、勉学に励んでいた。かつて私を愛してくれた人が、同じ経理の仕事であり、そのことからも何かしら因縁めいたものを感じずにはいられなかった。経理という仕事そのものが、私と切り離せぬ関係深いもののように思え、彼に対し親しみが増していったのである。

初めてのデートは、六月二十七日のことだった。青春らしき青春の歓びもないまま過ごしていた二十五年目にして、初めての乗り気のデートであった。その日はもっとも忘れ得ぬ、貴重な日となったのである。

彼の突然のプロポーズに、意味もなく笑ってしまった後、真剣な彼の澄んだ瞳に出会い、一瞬激しく狼狽し、笑顔はすぐに消えた。自信に満ちた彼の態度から、嘘偽りでない愛が感じられた。

「本当に、本当に、結婚してくださるのですね」

そう念を押す彼に、明るい瞳で彼を見上げ、「ええ」と大きくうなずいたのであった。

彼は日夜会計士の資格を取ろうと、頑張っている。私もまだ、琴教授資格を取ろうと努力している。互いの目指す目標に向けて、今日から競争しあう約束をしたのであった。彼の愛に絶句して、涙があふれた。

この時ほど、男性の頼もしい心意気を羨望の思いで心にとどめたことはなかった。健康体の人間にのみ、羨望を抱いたのである。

二十五歳にして、遅咲きの花のように、忘れられた青春を謳歌しようとしている。人並みの恋を遅まきながら知り得た私にとって、その結果がどのような結末を迎えようと、悔いのない青春であったと言えるだろう。

上野九番線ホームに彼を残し、列車は滑るように動き始めた。彼の姿が完全に私の視界から消えた時、初めて乗客の浴びせるような視線に気づいた。

「ただいま」の私の声から間髪容《い》れずに、

「弘子、弘子なの」

つまずき、どもりながら母が駆け寄ってきた。一年前と変わらぬ、湖月家の姿であった。嬉しさが、じんと音を立てて胸に迫ってきた。寝巻きを整えながら、勝ち誇った表情の父が現れた。

「弘子、お前も二十五歳、世間一般で言う結婚適齢期だ。しかし、焦ってはいけない」

七年前に北仙大学で検査をした時の診断結果が、今新たな記憶となって戻ってきた。

大動脈閉鎖不全。

診断結果を手にした時、何ら驚きはなかった。七年過ぎた今、今度の検査だけは無性に恐ろしく、足のすくむ思いであった。

幸福に満ちた彼を、このまま永遠に笑顔の中で守り続けていられるだろうか。ここに至り、幸福という字句に、鋭い痛みを覚えるような気がした。彼と交際を始めてから五ヶ月が経とうとしていた。彼の愛におぼれきっていた私には、まったく思いがけぬ溝であった。そこには愛情でも解決されぬ、忘れ去ってはならぬ弁膜症が、ずっしりとした重荷となってのしかかっていた。

健康美に輝く彼の前には、一歩後退しなければならぬ責め苦を感じた。その日以来、会う日ごと、笑みは消え、それに代わって心の防波堤が、高く厚い壁となって築かれていった。

思い切って、弁膜症のことを彼に打ち明けたところ、彼は受け止めてくれたように見えた。

しかし、数日後、彼は私にこう告げた。

「湖月さんの弁膜症のことを家族に話したら、母は理解してくれました。でも、父代わりの伯父に反対されてしまって……。結婚は無理かもしれない……」

ああ、やはりそうか。この溝は簡単には超えられないのだ。互いの愛は、徐々に下火となって、消され始めたのである。

第2章　恋のやりとり

溝を感じあって別れてから三日後、彼が急性虫垂炎で病に伏せっていることを知った。

彼の病を知り、とるべき態度を決めかねていたが、しかし愛はまだ強く、私を征服し、行かなければならぬと決心させたのである。弁膜症ということに対して結婚を反対しているのは、彼の伯父さんでなく、案外彼の家族や母なのではないか、とも考えた。そんな家族の気持ちを無視し、今もなお波立さんの恋人ですと堂々と彼の元を訪ねるのは、心苦しくはあった。しかし、そう気づいた時、私はすでに波立家の玄関先に立っていた。心なしか玄関の敷居が高く感じられた。


「ごめんください」

戸惑いながらも声を張り上げていた。

「まあ、湖月さん、お入りになって」と微笑で迎える妹さんに軽く手を引っ張られながら、彼の横たわる部屋についていった。私の突然の見舞いに、彼は一瞬驚きを見せた。しかし、すぐに感激の微笑みをたたえた瞳で、私を見つめた。その瞳に出会った途端、つい先ほどまでの不安は消えていった。

「どうなさったのですか、痛むでしょう」

「うん、昨夕帰宅したら、急にお腹が痛くなって今朝、盲腸の診断を受けたので、手術しなければならないかもしれないのです。でも心配かけてごめんよ。どうして僕の病気を知ったの」

そんな彼には答えず、私はただ微笑みで、心中を伝えた。

「今日は、わざわざお見舞いにいらしていただきまして、ありがとうございます。ご心配をおかけし、本当に申し訳ございません」

その母、妹の態度から、私なりのどのような悪い解釈をしてみても、歓迎されていないわけではなく、結婚に反対をしているのは波立家の人々ではないように思われた。良い結果でありたいと望む女の見えからなのであろうか、私自身の強い自惚れからなのであろうか。とにかくそう思えたのである。

お茶が運ばれ、彼と二人になった時である。

「この前は、弁膜症では結婚は無理と言ってしまって、ごめんなさい。言い過ぎたなと思っていたのです。怒っているんでしょうね」

痛みに顔を歪めながら、私の膝の上で組んだ手を取り、彼は許しを請うた。私は見上げる彼の瞳から目を離し、畳の目を見つめながら、

「ううん、怒ってなんていないわ。だって本当のことなんですもの」

左右に小さく首を振った。時折、「痛い」と唇をかみ締める彼が、何とも可哀想でならず、

立ち去りがたい思いにかられた。
「もう少しそばにいて。湖月さんがいてくれた方が、痛みが少ないから」
瞳を伏せて話す彼を振り切ることができず、それから一時間ほど、蒼白い彼の顔を見守っていた。

翌日、彼は入院することになり、何度も見舞いに通ううち、彼の家族ともますます打ち解け、彼自身、あの悲しい別れはいつの間にか、なかったことのように振る舞うようになっていった。回復後の彼はひときわ明るさを増し、その様子が、私には何とも理解しがたく感じられた。私の心には、あの時の溝が今もくっきりと感じられ、彼に対する不安が、いつもよどみのように存在していたのである。

十一月二十九日、私たちは若いカップルで混み合う喫茶店に座り、まるで別れが嘘のようにムード音楽に包まれながら向かいあっていた。ムード派の彼は半分酔ったような眼差しを向け、「湖月さんは、段々僕から離れていってしまうような気がする」などと言う。弁膜症で結婚するのは無理と言った言葉などまるで忘れ去ったかのような彼が、いささか心憎く思えた。

「私が離れるより先に、あなたの方が私から離れようとなさったのではないですか。先日あなたがそうおっしゃるまで、私は夢にも思っておりませんでした。いいえ、あなたを愛さない前には、私の心にはいつでも覚悟がありました。あなたに出会って、忘れていたのです。でも先日、あなたの言葉を聞いて、自分の愚かさと虫の良さに気づいたのです。反対を押し切り結婚に踏み切って、本当に幸福になれるでしょうか。あなたが女の私の気持ちをお分かりになれないように、私も男性のあなたのお気持ちは理解できませんの。もし来世があるとしたならば、あなたは女性に、私は男性に産まれて参りましょう。そうすれば、お互いに理解できるようになるかもしれません。それまでは課題にしておきましょう。先日、あなたのご病気を知りました時、どうしたら良いのかと迷いました。なぜって、反対していらっしゃるのは伯父さんではなく、お家の方々ではないかと思ったのですもの。でも愛の力が、いつの間にか私をあなたの元へ向かわせておりましたの。いじらしいあなたのお顔を拝見した途端、見舞いにきて良かったと心から思いましたわ。今は何をおっしゃろうと平気、覚悟ができておりますから。もう哀しまないと思っています」

　油を注いだようにしゃべりまくる私に、彼は終始哀しそうに目を伏せていた。

「ああ」と小さく嘆く彼。なお勝利者のように、誇らしげにまくしたてる私の毒舌が、我ながら浅ましく思えた。

やがて、心の溝をさらに広げるような長い沈黙の後、彼はほとんど聞き取れないような弱々しい声で、語り始めた。

「母に湖月さんの弁膜症を告げた時、一瞬泣き出しそうな寂しい顔をしたのは事実です。しかし、僕さえ良いのならと、許してくれました。でも母のあの悲しみの一瞬の表情は、僕の頭から離れません。湖月さんをどのように愛しても、あの母の表情は消え去らなかった。幾日も過ぎないうちに、伯父から反対されて動転し、湖月さんへの愛情は本物だったのだろうか？　あるいは偽りの愛ではなかっただろうか？　と自問自答しました。しかし、いくら考えても、現在の僕にはその結論が出ないのです。偽りのままでの交際は、僕にはできない。愛情が本物か、偽りか、僕の心の整理がつく日まで、文通のみで交際してほしい。一ヶ月、半年、一年先になるか分かりませんが、とにかくそれまで待っていてください。その上で、結婚しても良いという結論が出たら、改めてプロポーズしますから。きっとその日の来るまで待っていてください」

一息にそう言うと、運ばれてきたジュースを一口含み、ごくりと飲んだ。

思わず私はこう返していた。

「何を考えているの」

「真空状態です」

彼は冷淡な表情を見せた。女の私にとって、文通のみでの交際は、かなり悲観的なものであった。しかし彼の提案も、お互いの愛を確かめあうには、一つの解決方法かもしれない。そう決心し、その日のデートを最後に、文通での交際を約束しあったのである。


十二月二十六日、初めての手紙が彼から届いた。

達筆な、まるで活字のような文字が並べられていた。


初めての手紙を差し上げます。

さて筆を執ってみますと、何を書いて良いか、私自身当惑しています。

現在の私の心は雑然とし、あらゆる考えが錯乱して、何一つまとまった考えもなく、自分ながら情けなく思っております。

ただ今の自分にできることは、仕事と勉強に没頭し、その中から何かを導き出す方向に持っていくより他にありません。

初めて会った当時を除き、最近における私の言動は、あまりにも軽薄でいたずらに湖月さんの心を傷つける結果となり、自責の念にかられております。

それに対して、今更何を言っても始まりませんから、あえて言い訳のようなことは書きませんが、今の不健全な心を白紙に戻し、自然の姿に返るべく最善の努力をしてゆくつもりです。

新年を間近にして、不愉快であろうと思う手紙を読んでいただくことを、心苦しく思いますのでこの辺でペンを置きます。お家へ帰られましたら、ゆっくり寛いで、良き年を迎えてくださいますように。

帰省の際、お送りできないかと思いますが、お気をつけてお帰りください。

湖月様へ　波立より

十二月二十九日、彼の手紙と思い出を抱いたまま、慌ただしい師走の東京を後にし、一路故郷へと向かった。暮れには彼と一緒に帰省できると信じていた。その望みも断ち切られ、悲しみを払うべく、父母の愛を貪り求める子どものような状態となって、帰っていったのである。

私を出迎えてくれる故郷の山々、街、そして父母は、数ヶ月前帰省した時と、何ら変わってはいなかった。遠く彼の元を離れ、故郷で過ごす冷却期間は、私の人生にとってもっとも貴重な日々となった。彼の立場になって考えてみるだけの余裕が、豊かな故郷での日々と父母からの愛によって、目覚めたのである。

（もしも、私が健康で、彼が弁膜症、いやその他の病名を背負っていたとしたなら、おそらくいかに愛する彼であっても、結婚という道へは踏み切れなかったかもしれないのだ。だとすれば、彼を責め立てる権利なんか何一つないはず）

なぜ、もっと早く気づかなかったのか、むしろ不思議に思えた。しかし、私も一応見かけだけは女である以上、世間一般でいう母性愛で、あるいは十分カバーできたかもしれないと、そう思えたりもした。

年が明けた元日の早朝には、新しい私となって出発する決心がついていた。父母からは、ついに一言も彼に関して尋ねる言葉は出てこなかった。心配性の父母には、彼との心の溝など、何一つ知らせてはいなかったが、気遣う姉妹が、すでに知らせていたらしく、語らずともその思いは、動作一つ一つから、察せられた。共に苦しんでくれる父母の愛に、私の心臓は小さく波打ち、そして痛んだ。

その夜、身内の者をほめることなどまれな父が、晩酌に注がれた酒で喉を潤しながら「俺にはもったいないくらい、良くできた妻だなあ。俺は感謝しているよ。それに比べ、お前は空くじを引いてしまったが、まあこれも縁というものだ。今後もお手柔らかに、よろしく。そんなわけで、もう一杯」

飲み干された透明なグラスを高々と掲げると、母に最敬礼している。

「それが縁だったんでしょう」と微笑みながら注ぐ母の手つきは、小柄な体の割にはしっかりしており、長年酒飲みの妻として、板についたものだった。

今まで、母は私たち子どもの母親としてしか見ていなかった。しかし、今夜の母に触れ、一人の妻であった女の姿を見たのである。平凡な夫・妻としての生活の中に育ってきた私にとって、この夫婦こそ、幸福な夫婦の理想像だった。二十数年間、追い求めていた私の姿は、ここにあったのだ。


翌朝、上京直前の切羽詰まった時間に、迷いながらも覚悟を決め、彼との話を切り出した。その途端、母は繕い物を放り出し、父は新聞を読み捨て、こちらを凝視してきた。私は途切れがちに、かいつまんで話をした。黙って聞いていた母の目には、光る涙が浮かんでいた。やがて私の話が終わると、母は私の瞳をじっと見つめながら、こう言った。

「弘子、自分のことばかり考えてはいけない。彼にしたって、長年生活を共にした家族の反対を押し切って結婚してみても、後に弘子が辛くなることを気遣ってのことかもしれない。また、長男という責任意識から、両方の板挟みになって苦しんでいるのかもしれない。それを責めたりしたのでは、あまりにも気の毒というものじゃないかね。そりゃ反対されても、家を捨て、弘子を愛してくれるというだけの愛があるなら考えようもあるけれど、母さんはやはり祝福される結婚をしてほしいと願うね。祝福なき結婚は、長い目で人生を見た場合、不幸な結末で終わることが多いのよ。まして、愛より病気の方が重いという結果が出てしまった彼の心を戻すというのは、本当言って相当難しいことだと思うよ。結婚後に問題を引き起こすよりは、苦しくとも結婚前に破談となる方がどんなに幸福だか。最悪の結論が下されても、決して泣きついたり、追ったりしてはいけない。それだけは、心によくとめて、準備しておくことですよ。

しかし、どんな結果が出ても、くじけたり、病気をしたりしてはいけないよ。なんだ男の一人や二人というような大きな心を持って生きること。縁というものは不思議なもので、とんでもないところで結ばれたりするもので、決してだめになっても気を落とすんじゃないよ。分かったね。本当に心臓病を理解し、弘子ならと大きな愛で迎えてくれる男性も、必ずいると母さんは信じています。分かったね、くよくよ考えないことですよ」

優しくも力強い、母の声であった。それでもやはり彼との良い結果を願っていたのだろう。母は彼へのお土産を、バッグの中に押し込んでくれた。

一月四日、母からの真心を渡すべく、彼の勤務先へと電話を入れた。しかし、ベルが鳴り続けるまま応答はなかった。一日でも早く彼に食べてもらいたいと、足はいつしか彼の家へと向かっていた。正月というのに、玄関灯が消され静まりかえった庭に、しばらく私は佇んでいた。

やっと勇気を奮い起こし、

「ごめんください」と繰り返し言った。

「新年、おめでとうございます」

玄関先に現れた妹の幸子さんは、微笑みながら、軽く会釈した。

「兄は今、寝ていますが、お上がりになってください」

「あらまた病気なさったのですか」

心配げに尋ねると、彼女は微笑みを崩さずに、

「いいえ、風邪です。鬼の霍乱《かくらん》かしら」

誘われるままに私は家へと入り、彼の枕元に近づいていった。

彼は微笑みながら、体の半分を起こして私の来るのを待っていた。

「また病気になられたんですか。弱いんですね。私の来る時は、いつも床の中なんですもの」

「うん、風邪引いちゃってね」

「今日会社へ電話しましたの。でも出ませんでした。本当は会社の帰りにお渡ししようと思ってましたので」

見えを張った弁解をした。合わないと誓った約束を破ったと思われるのが、少々悔しかったからである。

「人の命ってはかないものですね。伯父が正月急死し、通夜と葬式に行ったりしたので、風邪を引いてしまったんですよ。それで今日は久しぶりに一日寝ていたんです。とても良い伯父だったんですけどね」

そう目を細めて寂しげに言う彼に、複雑きわまる思いで聴き入っていた。確か、私たちの第一の溝を作ることになったのは、この伯父さんではなかっただろうか。だとしたなら、この伯父さんの急死をどのような気持ちで受け取って良いものか。伯父さんの急死の知らせを聞きながら、なぜか、先日の憎悪のこもった彼の眼差しが、今の微笑みに覆いかぶさってくるかのように感じられた。

土産《みやげ》を渡し、会話を終え、「失礼しなくちゃ」と立ち上がる。そんな私に、床の中で暖められた彼の右手が重ねられる。その手に、私は用意してきた手紙を滑り込ませた。

会えば話しあっている事実は間違いないものでありながら、不自然にも会えない。そんな哀しい愛ってあるものだろうか。でも彼との美しい思い出を愛あるものとして終えるためには、見苦しくない別れをしなければならないのだ。苦しくとも、今私から進んで身を引かなければならないのだ。そうだ、美しい愛で終えるためにも、それが弁膜症の私に与えられた義務であり、責任なのだろう。

「私が帰ってから読んでくださいね」

そう言って立ち上がる。

「また遊びに来なさいよ」

微笑んで彼は言った。

「うん、でももう来ないかもしれないわ」

永遠に愛し続ける彼の小皺の一つ一つの特徴まで脳裏深く刻むため瞳を大きく見開き、そして閉じた。

「馬鹿だなあ、自分の家と思って遊びに来ればいいじゃないか」

「だめ、だめなのよ。今夜が最後なの。もう会えないかもしれないのよ」

思わず涙がにじみ、声が震えた。別れきれないと思いながらも、別れなければならぬ意志が私を強がらせ、涙をこぼすことはなかった。彼の手が、いっそう強く私の手を握る。

見開く彼の瞳の奥には、涙が光っていた。その手を振り払うように、私は帰っていった。

良い新年をお迎えになりましたことと存じます。

久しぶりにて、心からお正月気分を味わい、晴れ晴れとした気持ちで埼玉へ帰って参りました。

家へ帰り冷静さの中で、よくよく自省いたしました結果、あまりにもあなたの好意に甘えすぎ、自身の幸福ばかりを考えていた自分が恥ずかしくなりました。

本当にあなたのご幸福を心から願うなら、自ら進んで身を引くべきであることに気づいたのです。

病気を得て以来、人を愛することをすっかり忘れ去っておりました私に、心から愛し愛される喜びをお教えくださいましたあなたに、とても感謝しております。

弁膜症のことでは、何をおっしゃろうと、またどういう結果になりましても、決して恨まないと思っております。

あえて恨むとしますなら、自身の醜い心臓を恨みたいと思っております。

どうぞ私のことでは、あまり気をお遣いにならないでください。

あなたは、あなた本来のご幸福を見つけられ、仕事、勉強、そして大役の会計士資格を、一年でも早くお取りになりますよう。

陰ながらお祈りしております。

年も改まりましたので、この年を転機に、お互い最初から出直しましょう。

私もできないながらも、琴だけは生涯の心の支えとして、頑張って参るつもりでございます。

交際はわずか半年という短期間ではございましたが、私の生涯においてもっとも意義深い、忘れがたい年であったと心から感謝しております。

色々ありがとうございました。

末永く、ご幸福でありますように。

乱筆乱文ではございますが、失礼させていただきます。さようなら。

波立凌様　　　湖月弘子より

このような私の手紙に対し、二日後、是非会って話したいとの電話が彼からかかってきた。困惑しながらも、会うことにした。しかし以前に戻ろうとは思わなかった。その日は気分転換を図り、初めての喫茶店に入った。

　壁代わりに張り巡らされた鏡の中に、微笑みを忘れ去った醜い私の顔が、終始ワイドスクリーンのような大映しで映し出されている。いつも口火を切る私も、この日ばかりは無言のまま、彼の一言を待っていた。私から話し出す気配のないのを悟った彼は、普通でも低い声をさらに低音にして、こう言った。

「本気で、あのような手紙をくれたの」

「ええ」と大きくうなずき答えると、彼は蒼白い肌に苦痛の色を走らせた。

「僕自身、恥ずかしい話だけれど、まだ自分の気持ちが決まらないのです。なぜ僕の結論が出るまで待っていてくれなかったのですか。本当に、湖月さんは別れた方が良いと思っているのですか。心から、本当にそう思っているのですか」

　瞬き一つせぬ瞳で見つめる彼に、理性は崩れ、愛情がむくむくと湧き上がってくる。

「ええ、あの手紙を書く時も、そして今日お会いする決心をした時も、苦しい哀しみの中でも、別れという結論がはっきり私自身の心にできていたつもりでした。

　でも、お会いしてみますと先ほどまでの決心が、まるで嘘のようにぐらつきます。私はどうして良いか分からないのです。いったい、どうしたら良いのでしょうか」

　理性を離れた私の声に、蒼白だった彼の肌が紅潮した。彼の唇がかすかに震え、わずかな沈黙が流れる。息も止まるような苦しみの末に作られた微笑みの中で、彼はこう言った。

「ね、湖月さん、湖月さんの手紙に書いてあった『最初から出直す』ことを『最初からやり直す』という意味に解釈したい。振り出しに戻そう。今から僕たち二人の交際が始まる。今日が最初の出会いと思って」

真剣に切り出す彼に、一度作った心の隔たりは、あるいは埋まらないかもしれないと思いながらも、努力によっては何とかなるかもしれないという心が生まれ始めていた。

努力をしよう。そしていつの日か、あんなこともあったと笑い合える時が来る。そんなふうに思い始めている自分がいる。

心から愛した人との別れは、手紙に書かれるほど、簡単なことではなかったのである。午後八時過ぎに喫茶店を後にし、彼の見送りを受け、大和駅にて下車。二人肩を並べホームを出た。

一月の寒風は、彼と一緒でなかったら凍え死ぬのではないかと思われるほどの厳しさであった。吹きすさぶ風さえも、愛し合う二人には、心酔わせる麻酔薬のような効果をもたらしていた。ようやく心の明かりを見つけた時には、寮の近くまで来ていた。そうと気づいた一瞬、離れがたい思いが募り、「今度は私が見送ってあげるわ」などと、綱引きのように彼の手を引っ張り、また来た道を引き返していた。私のような女にとって、想像もつかぬ大胆不敵な行動であった。

今ここで別れてしまえば、いつ会えるのか。おそらく弁膜症の完治をみない限り、結論の出ない彼なのではあるまいか。たとえ結論が出たとしても、哀しい結末なのではないだろうか。永遠の別れが仮に近づいていようとも、この他のしかるべきデートの許された日だけは、最大の愛を捧げる権利を有しているのだと思った時、私でないもう一人の女らしい私が影のように現れ、彼を愛の陶酔に浸らせたのである。

駅の明かりが網膜に刺激を与えるように映り出された時、「本当は電車であなたの駅まで行ってみようと思ったのよ」

彼を見上げながら言っていた。

生まれつき冷酷さを背負ったような私の口から、思いもよらぬ甘いささやきがもれたのである。まったく思いもかけぬ私のささやきにつられたように、彼の右手が私の左手を握りしめた。そのまま二人はねぐらを求め放浪する野良犬のように、あてもない夜道を、どこまでも歩き続けていた。二人の足音は、舗装道路に食い込むような音を立て、夜空に高くこだましていた。

どのくらい歩いたであろうか。突然煙草臭い彼の唇が、私の唇を求めて迫った。その瞬間、緩められた彼の腕から、私はするりと逃げ出していた。まったく手品師のような素早さでするりと抜けると、訳もなく駆け出していた。

なぜ自分は逃れるのか、分からなかった。気づいた時、すでに彼から間隔を置いて逃れていたのである。涙は一粒の尊い愛の涙となって、大地へ吸い込まれていった。

涙した後、背後から追いつく彼を、新たな愛の涙とともに待っていた。

幸福な涙であった。大きな呼吸を吐き、近づくと同時につかみかかるような素早さで、彼は私の両腕をとらえた。驚くほどの男性の魅力をいかんなく発揮した彼の行動であった。

「今夜は、僕と一緒にいてほしい。離したくない。一緒に行こう」

闇を通し、見下ろす彼の瞳のきらめきが、街明かりの下で輝いていた。

「一緒に行こうといったって、どこへ行くのです。あなたのお家?」

「僕の家でもいい」

「だめよ、そんな非常識なことしたら、それこそ結婚なんかできなくなってしまうわ。とにかく、今夜はこれで帰ります。またいつか会えるのですもの」

逃げ口上で答えている自覚はあった。

「嫌だと言っても、無理にでも連れて行く。さあ行こう」

「行こうと言ったって、この寒さじゃどこへも行けないじゃないの。どこへ行こうと言うのですか」

「そんなに、どこに行くのか知りたいのか。それなら教えてあげるよ。旅館、旅館だよ。

僕は、そういう男だったのさ。分かったか、今夜分かったのか」

吐き捨てる言葉に、力いっぱい握られていた腕を思わずふりほどいていた。と同時に、目前の彼の頬めがけ、平手打ちしそうになる右手を、ようやく左手で押さえ込んでいた。愛情から変わった怒りに涙があふれ出し、先ほどと同じ大地へ吸い込まれていった。

（あんまりだ、あんまりだ、私は真剣に愛していたのに）

「馬鹿、馬鹿、波立さんの馬鹿」

激怒しかけながらも、彼が近づいてくるのを待っていた。だが愛しておりながらも、彼の肉体を愛することは、今はできなかった。私自身、彼へ捧げる肉体を有していなかったのである。旅館についていけるほど、心身は大人になりきっていなかった。だから激怒したのである。

その当時は、愛情と肉体は別なものであるという考えが正しい恋愛のあり方であると思っていた。またそれ以上の恋愛関係は、考えられなかった。人並みはずれた、二十六歳の女であったのだ。

やがて彼は、急ぎ足で近づいたかと思うと間もなく、

「僕帰るよ」の一声を残し、ひときわ明るい構内へと姿を消していた。

立ち去る彼を追うこともできず、重荷を背負った駄馬のようになって、私は力なく寮へ向かい歩いていった。身にしみる寒風の重みが、空虚な心に吹き抜け、突き刺すような北風が、私の薄紫色の頬を、幾度も強く打った。

その夜をきっかけに、急に大人びた自分に気づいた。二十六年目にしての、性の目覚めであった。

しかしそうと気づいた時には、怒りの手紙はすでに投函されていた。怒りのやり場のない私は、彼にそのはけ口を見いだしたのである。後で冷静になって、後悔の念にかられたのである。

それは「何の結論も出さないまま体を求め、考えが決まるまで待ってくれと、おっしゃるあなたのお気持ちをどう理解して良いのか分かりません」という、恐ろしく感情的な手紙であった。彼の愛情を疑い、叩きつけられるだけの罵声を叩きつけたのである。

だが投函した直後、彼からの手紙が届いた。それは以前私が渡した、別れの手紙への返事だった。会った時、彼はこう言っていたのだ。

「僕の手紙、明日辺り届くかもしれないけど、待ちきれなくて、今日会ってしまったんだ」

それを待ちもせず、私は愚かな手紙を出してしまったのだ。

先日はお土産ありがとうございました。

お手紙を拝見しながら、涙がこぼれるのをどうしようもできませんでした。

愛とはこれほど厳しく、これほど哀しいものでしょうか。

今まで私は、愛とは美しく甘いもののみと、思っておりましたが、それは明らかな間違いでした。

あなたの手紙に対して、何と答えたら良いのでしょうか。

自分で自分の考えも分からないことを情けなく、今更ながら我が心の愚かしいことを悔いているのみです。

ただ、先日のあなたの手紙に同調できないところがありますので、私の考えをこれから述べてみたいと思います。

まず第一に会計士資格について。

私の人生の究極の目的ではないと考えております。

それは生活の一つの手段であり、目的はもっともっと奥深くにあり、一生をかけ自ら作り上げていくものではないでしょうか。

なぜあなたは自分から離れていこうとなさるのでしょうか。私はまだ、あなたに別れの挨拶をした覚えはありません。

現在種々の問題にぶつかって、苦しんでいることは事実です。

しかしながら、苦悩より逃避して、楽な道を歩くことは、私自身の心が許さず、逆に言えば、それ故に苦しんでいるのかもしれません。

今の私は、人生の試練台に立たされていると言っても、決して過言ではないかと思います。それを乗り越えるか、転げ落ちるかの分岐点に、今あるのでしょう。

『最初からやり直す』。この言葉を、私は次のように解釈します。

それは別れではなく、今日から私たち二人は、新しい出会いをするのです。これからの交際が本当の相互の理解を深めるのだと。

あなたにも是非そう考えていただきたいと思います。

お互いを理解しあってこそ、真の愛も芽生えてくるのではないでしょうか。

あなたも自分をあまり卑下せずに、力強く生きてください。

とにかく、お互いの心の触れ合いを大切に育ててゆきたいと思っております。

もし本当にあなたに別れてほしい時が来たとしたら、その時は私の口から、はっきりと言わせていただきます。

弘子様　凌より

心の狭い女の浅はかさが、ただ哀しかった。彼を愛のささやきの陶酔に陥れ、自分は冷静な振る舞いをしている。

このような罪深い女が、自身の罪を悔いずに人を責めるとは。

気づいた時にはすでに遅く、再び作ってはならぬ溝の深さが、さらに深まる結果となっていたのであった。

翌日の昼休み、彼に電話をかけてみた。相手先の呼び出しベルが鳴り、交換手に替わって彼の第一声が聞こえた時、私は自身の醜い心の後ろめたさに、ただ息をのんでいた。

「もしもし」という言葉に対し、黙っている私に「どうしたの」と問う声が続く。

その言葉にやっと助けられ、

「昨日、あなたのお手紙が届きました。私、あなたをすごく誤解しておりましたの。ごめんなさい。あの夜私、頭に来すぎて、あなたからのお返事を拝読しないうちに、手紙を出してしまいましたの。お願い、絶対に読まないって約束してくださいます？　あなたを理解できたのですもの、ごめんなさいね。私が我が儘言ったりして」

「ああ、分かったよ。届いたらそのまま返送しますよ」

相も変わらぬ優しい声の彼に、自分だけ心の安らぎを覚え、電話を切った。

彼を理解できた今、ただただ読まないでほしい、読まないことにより傷つけずに済むと思ったのは逆で、もっとも卑怯な行動となってしまったのである。

「湖月さんの怒りの手紙を読んだ方が、かえって自分の気づかない欠点を知ることができるから、読んだ方が良いのだけれども」

最後に付け加えられた彼の声が、不吉なこだまを伴い、耳に残っていた。


そんな日から四日後、会社帰りの彼に会ってお詫びの一つでもと思いつき、五時過ぎに彼に電話を入れた。当然優しい声が流れると思っていたのも束の間、受話器から聞こえてきたのは、予想に反した怒りの声だった。

「手紙は送り返しましたよ。それでいいのでしょう」と、突き放すような彼の声に、その心を和らげ、甘えるつもりで、つい「本当に見なかった?」と言ってしまったのだ。

その時、はっとした。

「もう少し人を信用しなさい」

「だいぶ怒ってるんですのね」

「忙しい時は、怒りたくもなりますよ。用事がそれだけなら切るよ」

言うなり、受話器の置かれる音が彼と私の間を断ち切った。私は呆然として立ちすくみ、ただ受話器を握りしめていた。

翌日、彼から約束通り返送されてきた手紙が届いた。彼が見ようか見まいか迷ったあげく、手紙を見ずに送り返したことが知れるのだが、心に刺さった小さなトゲは、私を苛むように痛みを与えていた。

そんなことがあってからしばらく経ったある日、不安な私を救ってくれるかのように、上京後電話のみで連絡しあっていた親友から、「会いたい」との電話があった。だが彼女との約束の日が近づいてきた土曜日、突然彼から電話があった。

「明日会いたい」という彼に、少々憎らしさを覚えた。

たとえ女性同士の約束事であっても、約束を破ってまで彼とのデートを楽しむ気分にはなれなかった私は、親友との再会を告げ、電話を切った。

その夕刻、不快さを払うべく、世田谷の親友を訪ねた。

彼女も適齢期の一人の女性として、悩みは深かった。けれども語る悩みの言葉の中にも深刻めいたものはない。むしろ清純な心が羨ましくもあり、ねたましくも思われるほどだった。そんな心の震えが私の本性を呼び起こしたのか、いつの間にか彼との経緯を、彼女に話し始めていた。

トントントン。野菜を刻む手を一瞬休め、黙って聞いていた彼女は、やがて静かに私を見ると、

「馬鹿ね。なぜ彼とお会いしなかったの。私となら、いつでも会えるのに。本当に好きな人なら、なぜ思い切り彼の愛に飛び込んでゆかないの。こうしたら損だなんて考えていたら、損どころか彼の愛全てが逃げていってしまうわよ。その愛を逃がさないためにも、弘ちゃんの愛の手、心でがっちり押さえておかなくちゃ。あなたの幸福、つまり親友である私の幸福のためにも、今すぐ帰ってほしいと思うけれど、今日は遅いから、明日早く帰って、彼と会わなくちゃだめよ」

恋をしていない彼女とは思えぬほどに、姉さんぶった口調、そして親しみある言葉であった。

「馬鹿ね」

彼女の一言は、真心こもる友情の響きを伴っていた。そこには、彼女の偽りない優しさがあふれており、強い母性を感じさせたのである。再び、野菜を刻む音が、快くまな板に響き渡った。刻む音だけで、十分家庭的な雰囲気に浸ることができた。刻まれた野菜はやがて鍋に移され、油の撥ねるジューという音が部屋中に響いた。もう一方の鍋には、すで

にワカメと豆腐の味噌汁の香りが、漂っていた。何ともいえぬ母の香り、女の香りであった。すっかり、夕食の支度もできたお膳の前に正座する彼女は、いつもの微笑みを浮かべてこう言った。

「大学での検査は是非すべきじゃない。お互いが本当に理解し、愛情を深めるためにも。彼もそれを強く望んでいるのでしたら、尚更のことでしょう」

「ええ。でもそれは以前のことなんですもの。今は、その必要もないと思っているかもしれないの」

「そんなことないと思うわ。弘ちゃんとの心の溝ができた第一原因は、何といっても弁膜症という、彼の愛の力でも解決されないものじゃないかしら。弘ちゃんを前にして、このようなこと言って悪いと思うけれど、やっぱり白黒はっきりさせるためにも、検査は是非必要だわ。その結果によって、相手の方も、はっきりした意思表示をなさるのじゃないかしら。弘ちゃんが結論を下す日を待つ心痛も分かるけれど、その結論を下す彼は、もっと苦痛な毎日ではないかしら。一度検査にいってみることよ。弘ちゃんだって安心できるからね」

何杯目のご飯のおかわりをしたのかさえ忘れ、夢中で彼女と話しあっていた。

彼女の一声によって、検査の必要性を再認識させられ、暖かい春の訪れを待つ気分になった。

「でもね。結婚という前提においては、いかに愛しあう二人でも、平行線はあくまでも平行線であり、交わってはいけないと思うのよ。結婚という日において、初めて一直線の交わりとするべきだって私は思っているの。夢中で愛しあっているその時は、理解したつもりでも、後に離別という哀しい結末になってしまうこともあるわ。そうしたら苦痛は倍になって跳ね返ってくるのじゃないかしら。もっとも、私は弘ちゃんのように愛する人と巡り合えないから、平気で言ってられるのかもしれないけれど。でも羨ましいなあ。私も恋人の一人くらい欲しいと思っているんだけど、さっぱりだめ。二十六歳が哀しくなっちゃうわ。だって若くも、年寄りでもない、中途半端でしょう。ああ、二十六歳は哀しい。若くも年寄りでもないから」

何となく吐かれる彼女の語調にも、切ない心の響きがあった。やはり同年配の私が相手だからかもしれないが、彼女の心中を覗き見る思いであった。

「私、楽しそうに行き交う二人連れを睨んじゃうのよ。東京の男性って、どうしてこうも見る目がないのかしらって。だってこんな素晴らしい女性がいるのも知らないで、放っておくなんて」

もっともらしい表情で言う彼女に、すぐさま二人で爆笑しあったのだった。常日頃、あまり冗談を言わぬ彼女だけに、おかしさを堪えようもなく、部屋中に明るい笑い声が響きあった。六畳一室で過ごす親友との一夜は、私の心に占める彼の存在を、確かな重みとして再認識させたのであった。

正午過ぎ、彼女にせき立てられるまま、灰色がかった骨組みの目立つアパートを後にした。

世田谷から一時間半、波立家を訪れるころには、昨日の彼への強い思いは消え去り、不安の荒波だけが潮時を知らぬように、心を激しく打っていた。

春の訪れを告げる若芽の息吹が、庭先を青く染めていた。その敷居は正月に訪れた時よりも、はるかに高く感じられ、跨ぐことを一瞬ためらった。

「ごめんください」。弱き一声であった。

「ごめんください」。もう一度言おうとした時、セーター姿の彼が玄関に現れた。

突然の私の訪問に、疑いの眼差しで立ちすくんでいた。しかし、その目には優しさがこもっており、愛情もまた、あふれんばかりに宿っていた。ひ弱に立ちすくんでいる私の存在が、まるでまばゆい宝石にでも見えるかのように、目を見張り、すぐには私なのだと信じることができないようなそぶりであった。

わずか数秒間という、細やかな時間の出来事であった。

「どうしたの、突然に。中に入りなさいよ」

ようやく現実の私に気づいた彼は、穏やかな微笑みを浮かべて言う。私は彼には答えず、

「一緒に外へ出てください」「うん、それもいいけれど、またどうしたの」

「どうしたの」と問われてみても、なぜか言葉が出てこなかった。

「お母さんは。お母さんいらっしゃるんでしょう。じゃあ挨拶だけしなくっちゃ」

それだけ言うと、案内する彼の後について、彼の母の待つ奥座敷へと急いだ。顔を合わせた瞬間、心臓が高鳴った。この家には住めぬ運命、招かれざる客らしいことを彼の母の表情から敏感に読み取れた。しかし、自身の幸福を守りたい一心から、やはり信じたくはなかった。一分一秒、この家にいるだけで、窒息死しそうな息苦しさを感じた。そんな苦しさから逃れるべく、彼とともに波立家を後にした。

親子二人、水入らずでの余暇を楽しみにしていたのだろう。その母にとって、突然の私の出現は、少なくとも良い印象を与えるものではなかったのだ。久しぶりの出会いにも、開きゆく心の溝故か、つい先ほどまでの慕いあう嬉しさはなかった。そんな自分の心が哀しかった。

その日は喫茶店で話し込み、その後も理由を見つけては、二人で会った。私は手紙も出したが、彼からの返事はなかった。どこか緊張を秘めたまま、見かけだけは穏やかな日々が続いた。

ある日、数ヶ月ぶりに彼の勤務先へ電話を入れた。彼は留守だった。夕刻に再度電話してみたが、やはり留守だった。仕方なく、手紙を送った。

葉桜の今日このごろ、いかがお過ごしでいらっしゃいますか。

今日二度ほどご迷惑とは存じながら、電話しましたところ、あなたは留守でした（そう信じます）。

琴演奏会のプログラムができましたのでお送りします。でも目障りなら破り捨ててくださっても結構です。

波立様　湖月より

いよいよ演奏会の早朝、昨夕の土砂降りの雨も今朝には上がり、五月晴れの澄みわたった青空が広がっていた。ぽっかり浮かんだ白雲はわずかに二、三片のちぎれ雲でとどまっているのみであった。

訪問着を身につけた私は、幾分なりとも女性の雰囲気を醸し出すように作り上げられていた。骨張った体も訪問着の下に包み隠され、丸みを帯びた女らしい体つきとなっている。それを彼に見てもらっているという喜びが、女心をたわいなく楽しませていた。

十時に大和駅を後にし、新宿の演奏会場へ彼とともに向かった。街を訪問着姿で歩くのは、なぜかあまり良いものではない。その私と同行する彼に、申し訳ない引け目を感じ、そっと彼の表情を盗み見た。しかし淡々としていて、何ら変わらぬ面ざしであったことで、多少の落ち着きを取り戻した。

演奏の幕が開けられると、二人は別々の行動となった。二人の目的は大いに違っており、それぞれ別の立場で、檜舞台を見つめあっていた。私は演奏側の主人公であり、彼は純然たる観客なのである。そこに二人の隔たりが、心の溝のように、はっきりと横たわっていた。

私の演奏曲二つが終了すると、彼は帰ると言った。

「一緒に帰れないの。じゃ悪いけれどお先に失礼させてもらうね」と話す彼を近くの駅まで見送り、お礼を述べた。

「たまには忘れ去られた日本情緒を味わうのもまた、良いものですね」と微笑する彼は、駅の人混みに隠れるまで、何度も振り返っては笑いかけ、頭を下げていた。

演奏会が済んで一週間、彼からの手紙を待った。しかし相変わらず何の連絡もない、空しい日々が過ぎ去っていった。やがて私から会いたいと連絡をし、会うことになった。今日こそは彼の本心を聞きたいという一心であった。

喫茶店で向かいあう彼は、いつものように穏やかに笑っていた。私は何となく気恥ずかしさに苦笑し、コートを脱ごうとして、やめた。コートの下に身につけてきたセーターが、何と前後反対であることに気づいたのである。慌てて確かめることもなく着込んでしまった自分のそそっかしさにおかしさがこみ上げてくる。でも、笑うことはできなかった。

「今日はあなたの本心を、包み隠さずおっしゃってください」

私は彼にこう問いかけた。

結論を出せずに苦しむ彼の心の内を知りたかったのである。

「うん、今日は本当のことを言うね」

彼もそう言った。そして、続けた。

「僕は子どものころから父の愛情を知らずに育った。もちろん生活はみじめな暮らしだった。湖月さんには想像もつかないでしょう？　母や妹弟とともに苦労を乗り越え、現在の僕たちの生活が幸福になったのではと感じています。その中における母、妹弟の存在は、僕の中には何にも換えがたい貴重なものなのです。僕のみじめな生活を通して今、湖月さんと結婚に踏み切っても、果たして湖月さんを幸福にしてあげられるだろうかという疑問にぶつかった時、今の僕には別離以外の選択肢はないではないかと思う。万一、弁膜症で倒れられた時のことを思うと、やはり別れの結論を下す以外にないのではないでしょうか。それだけではありません。僕とさえ結婚しなければ、湖月さんには幸福な、誰か他の人の妻の座があるかもしれないんです」

彼の過去がたとえどのようなものであったにせよ、今の私には問題ではなかった。過去の彼を愛しているのではなく、現在の彼を愛しているのである。いやむしろ、私の好きな彼を作り上げたもの全てが、貴重なものに思えた。過去に必要以上にこだわり続ける彼は、純情が故であろうか。そんな彼を不憫にも思えたりした。

私の悩みといえるのは、むしろ女性の多い家族構成である波立家への不安であった。女の敵は女なのである。

しかし、彼への愛の前には、そのような考えそのものが、ほんのつまらぬ愚かなことであり、必ず解決できることだと信じていた。波立家の人々を、私も心から愛し慕っていた。テーブルの上に載せられている私の両手をとると、彼は強く強く握りしめ、離そうとはしなかった。再びあの日見たものと同じ、美しい涙が彼の瞳の奥に光っていた。

「ね、僕がもう一度改めてプロポーズしたら、返事してくれますか。一度逃げようとした僕が、湖月さんの返事を求めるのは無理かもしれない。でも、もう一度改めてプロポーズしたら、返事してくれますか」

一瞬間、私の胸は高鳴った。しかしすぐに消えた。


「返事はたやすいことです。でもちょっと待ってください。今ここで私が、イエスの返事をしたのなら、同じ結果を繰り返すことになるでしょう。以前あなたが望んでいらしたように、大学病院へ行って精密検査をし、その上でお返事したいと思います。検査の結果によって、あなたの判断をお伺いしたいと思います」

「ああ、そうだったね。検査に行って、その上で僕自身も結論を下すことにしよう」

以前と変わらぬ微笑、優しい眼差しで私を見つめ、偽りのない言葉を告げる彼。

私自身も、それが彼の本心であると信じた。

「検査は私一人で行ってきます。でも結果の出る日は、一緒に聞きに行ってくださいますか」

「ああ、その時は一緒に行こうね。そうだなあ、やっぱり検査に行った方が、お互いに安心できるし。いや、さっそく行くことにするんだなあ」

真剣な眼差しの中にも、私の弁膜症を案ずる優しさが感じられた。

「さあ白紙に戻して再出発だ。元気を出して。馬鹿だなあ、そんな顔をして、何を怒っているの。ほら笑って、ほら、ほら」と励ます彼に苦笑し、あふれる涙を堪えた。

その日を境に、病身であるべき女の私が、思いもよらぬ積極さで行動を開始したのである。

それから一週間後の土曜日、池袋のいつもの場所で落ちあった。その日の彼は、まれに見る底抜けの明るさで、終始笑顔を絶やさなかった。そして私の心までが珍しく、明るさが蘇っていた。その足で思い出深い喫茶店を訪れた。一年前の初めてのデートに選んだ喫茶店だった。

しかし、喫茶店へ落ち着くころには、思い出を壊したくないデリケートな彼の顔から、笑顔が消えつつあった。

「ね、本当に戻して良いと思ってますか」

「うん、この前言ったようにやり直す約束だから、そう思っているよ」

「じゃ、今後私に望むこととか、こうしてほしいとか思っていることがありましたら、素直に言ってください」

私の質問にちょっと考え込むように視線を外すと、やがて彼は身を乗り出すようにしてこう言った。

「湖月さんは潔癖すぎて、女としての魅力を感じない。他の多くの恋人同士は、不思議な関係にあるというのに、僕には口づけさえも許してくれない。そんな湖月さんなんか、魅力を感じないな。でも湖月さんの性格からいって、無理、絶対に直せないんだろうなあ」

試すかのような冷酷さを含んだ彼の微笑が、一瞬顔の中に広がりすぐ消えた。

愛する彼からの一言は、女としての私には、もっとも恐ろしく、哀しみ深い生の過激的な言葉であった。

その後には、男心の肉感めいた性欲のささやきの中でもあるかのように聞こえた。

自分自身魅力がない女と痛感していただけに、さらに自信を失っていった。

「ええ、自分でもどうしてこうも魅力ない女なのかしらって思っているのです。けれど生まれ備わったものなので、どうしようもありません。交際当初よりは、はるかに柔らかくなったのではないでしょうか」

自信ありげに、彼の瞳をさぐりながら尋ねた。

「何言ってるの。最初のこちこちの潔癖と、何ら変わっているもんか。湖月さんの性格からいって無理、絶対に無理なんだよ。湖月さんも女なら、抱かれてみたいくらいの気持ちが起こらないのかなあ」

不思議だという仕種で話す彼であった。

自分ではかなり大人びたつもりでも、男の彼から見たら、昔と変わらぬこちこちのままだという。骨に申し訳ほどの皮をつけた私という人間の体は、女性特有の丸みというものからは、ほど遠い体格だった。洗濯板のような平面な胸に、杯を伏したようなわずかな乳房が、女であることを告げるのみであった。その細身の体に、ひときわ育った大根のような手足が、奇妙な形でぶら下がり、かつて彼が恋するあまりに賛美してくれた美しさは消えていた。四角張った両あご骨は、恐れを知らぬ異様さで突き出している。

そのような魅力ない私を、彼の愛と心で、女性らしく仕立て上げようと努力してくれているのに、今なお応える女の魅力はできあがっていなかったのである。恋していながら、甘えられない女は不幸であり、理想は女にとって、武器以上の隔たりとなっていく。無能なる愛情に等しきものであろう。

体の不健康は、恋している今もその恋にまで不健康を侵入させてしまうのだろうか。常日頃の、理性的な私を失い始めたのを見計らった彼は、異様な目つきで私を見つめると、言葉を継いだ。

「今夜、肉体関係を持とう」

その一瞬、息苦しさを感じたのとほとんど同時に、全身鳥肌が立ってゆくのがはっきりと分かった。冷水を浴びせられたかのように、体が小刻みに震え、鼓動が早鐘のように打ち続けた。自身を見失うほどの驚きであった。しかし過日のような怒りは、二度と湧き上がってはこなかった。性の目覚めをすでに知っていたからであろう。それでも解決されないわだかまりはあった。

愛って肉体で解決できるほど、単純で空しいものなのだろうか？　私には理解できない。愛情が成り立ち、その後やってくる、肉体という全魂をかける日々が結婚という日であると、私は思っていたのである。頭の中では様々な考えが混乱し、やがて考えの一つを整理するため彼に尋ねた。

「男の方は多くの女性と遊んでいても、結婚相手の女性には処女を重んじると言いますけれど、そのことをあなたはどう思っているのですか。もし私が傷ついた女であったとしたら、当然あなたは私を結婚相手としては考えないのではないでしょうか」

瞬き一つせず、彼に問い詰めた。

「いや、僕は処女であろうがなかろうが問題ではない。要は相手の気持ち、強いて言えばその女性の内容を重んじる。だから相手の気持ち、性格が重要だと思っている。今夜旅館へ行こう」

彼の燃ゆる瞳は、さらに熱せられ、私の心中をまさぐるようにまともに私の瞳の中に飛び込んできた。私は憎悪に唇を震わせ、慄然として目の前の彼を睨み、そしてうなだれた。処女であるべき重要性を説いた私自身、あるいは、愛の果ての処女喪失となっても、本当に愛したのなら、問題にも値しないものなのかもしれないと、自身の心につぶやいた。ムード音楽の流れる中に、長時間激しい心の葛藤が繰り返された。はっきり決心がつかぬながらも、きゅっと顔を上げ、彼を凝視した。そして答えた。

「それほど、あなたがおっしゃるのでしたら。でも遊びは嫌です。私は真剣にあなたを愛した印として取る行動です。もし遊びだと知った時、きっとあなたを殺します」

彼を心から愛する一念であった。

「とにかく今夜、愛の証明をしてくれるのだね」

それは男の武器の一言、女の私を殺す言葉であった。病身の私にとって、処女は人並みな女として誇れる唯一の健康の印であり、貴重な生きる女の印でもあると思っていた。そのたった一つの私の健康さえも、愛する彼は今夜欲しいという。その彼に、心身を捧げる日が、今やって来たのだ。彼を選ぶか、処女を選ぶか。

「そろそろ出よう」

彼の誘う未知の世界へ飛び立つ不安に、全身の震えは止まらず、立ち上がってもなお膝が小刻みに震え、足は思うように進まなかった。

うなだれる耳元で「さあ、どうする。旅館へ行く気があるのか？　心変わりしたのなら、それでもいいよ」

動揺するまで一大決心したはずの私は、やはり許せなかった。一度は決心しながらも、大胆な女とはなりきれなかったのである。一陣の風が、苦しむ私の心を嘲笑するように、通り抜けていった。

それでも意志の弱い女の見本を、さらけだすが悔しさに、意固地になり啖呵の一つでも切ろうとしたその時である。

「そら心変わりしたんだろう」

「いいえ、変わりません」

なおも意固地になり、彼を憎々しげに見上げた。

「それなら、さあ行こう」

口だけで激しい誘いをしながらも、動作にはまったく表されていないのを感知した時、心静まりゆく自身に、ほっと一息入れた。

それでも、はっきりした彼の心の中を覗き見ることは不可能であった。

彼を知る心、彼を見る心。今、この一大事を目の前にして、できるだけ時間を稼がなければと思いながら、降りしきる雨を、無言でしばし眺め、心につぶやいた。

「果たして後悔しないだろうか」

彼の後から旅館に入ろうとしたが、床を共にする勇気はまったくなかった。それでも、やはり愛していた。愛してはいたが、肉体を共にすることは、現在の私にはできなかった。処女を守ろう、私は、私の行き方で行こう。切羽詰まって、そう決心すると、

「私、旅館へなんか恥ずかしくて、入って行けません」

半分泣き出し、助けを求めるように、彼に哀願した。

「よし、それだけ聞けばいい。さあ帰ろう」

電車のホームに向かって、私の力ない右手を引っ張り歩き出した。私の切羽詰まっての一言に、彼はまったく怒りも見せず、優しく微笑んだのである。私の心を試されたのだということに気づいた時、今苦しんだのも忘れて、彼の心をも試してみる気持ちになって尋ねた。

「ね、それなら旅行へ連れて言ってください」。自分で言っておきながら、自分の声を疑

ったりした。

彼にだけ聞こえる小声で言ったはずの声は、ひときわ大声で言ったかのように、自身の耳元に跳ね返ってきた。気恥ずかしさを覚え、赤い頬をさらに瞬間的に赤らめた。思いがけぬ私の大胆な言葉にびっくりした彼は、歩く足を一瞬止めたが、再び何事もなかったように歩き出した。

「旅行か、何時《いつ》がいいかなあ」

一端言葉を切り、私を静かに見返すと、再び言葉を継いだ。

「いや、それはいけない。結婚前は絶対にいけない。そんな考えを起こしたりしては、やはりいけないよ。結婚前はね」

彼のこの一言をどれほど期待していたか。この一言が、私のもっとも愛する彼の真の姿、心であると信じたい気持ちでいっぱいだった。彼は相合い傘で寮まで送ってくれた。寮の明かりがかすかに見え始めた時、彼の足は止められ、静かな口調で私を見下ろしながら言った。

「湖月さん、結婚前はいけないよ。もし許したなら、僕嫌いになるよ。いいね、いけないことなのだよ。湖月さんは、湖月さんのその生き方を貫くんだ。分かったね。結婚前はいけないんだ」

繰り返し、言い聞かせる彼は、労りの眼差しで私を見守っていた。それまで押さえていた愛は激しく燃えさかり、拗ねる子どものように、「寮へ帰りたくない」と言って彼を困らせた。

「帰りたくないって言ったって、どうしようもないじゃないか。さあ帰りなさい。僕が見ていてあげるから」

「私どうしたらいいの。私、何にも分からなくなっちゃったわ」

涙とともに、彼の大きな懐の中に思い切り飛び込み、泣きじゃくった。彼はなだめる言葉も知らぬまま、激しく降りしきる雨以上の激しさで抱きしめ、愛の唇を重ねたのだった。

止めどなくあふれ出る涙は、雨に混じって、大和の大地に吸い込まれていった。

「今夜、湖月さんは興奮している。寮へ帰ってゆっくり休みなさい。いいね、分かったら、さあ帰りなさい」

優しく私の身を引き離す彼は、駄々っ子をなだめるような口調で言った。

「はい、じゃ帰ります。さようなら」

土砂降りの雨の中、全身に雨を浴びながらゆっくりと彼から離れ、寮に向かった。

それから一週間経った土曜日、彼から電話があり、池袋で会った。約束時間の五分前、すでに彼は待っていた。

「食事をしよう。何がいいかな」

「おそばがいいわ」

「ふん、へんなもの食べるんだなあ」

何でもないであろうこの彼の一言は、私の心には鋭い針で突き刺すような痛みを与えた。彼の負担をいくらかでも軽くしようと気を遣った。忠実な彼の女に相応しく振る舞い、「じゃお寿司を食べようかしら」と言った。

彼と向き合い、同じ寿司を食べている。なのに一心同体はおろか、心が通じあわない隔たりを感じた。しかし、口に出して言うだけの勇気は、もちろんなかった。

それでも、半分をどうにか食べた後、「良かったら、私の分を召し上がりませんか」と勧めてみた。

「僕の分は全部食べたし、お腹がいっぱいだ」

微笑みもせず、さも迷惑そうに冷えかけの茶をすすった。

以前の彼なら、「どうして食べないの。食べないから太らないのだよ。もう少し太ったって、僕嫌いにならないのになあ。じゃいただくか」

と微笑み、気軽に食べてくれたはずなのに。その彼に、この上もない満足感を覚えたのである。

食事を終え、二人が街へ出たころには、すっかり陽は沈み、ネオンの瞬く夜となっていた。

これから先、どこへ行こうとしているのか。尋ねることもなく、無言のまま彼についていった。ただ黙々と、二人は肩を並べ歩いていた。他人の目から見た二人の姿は、まったく異様な姿に映ったことだろう。

その時、広い公園が砂漠の中のオアシスのごとく現れた。ここがどの公園なのかまったく分からなかった。

公園の入り口に立った時、彼は一気に私の左手を握りしめ、引っ張った。引っ張られながらも、手足は別行動のように一瞬だけ、彼に逆らった。しかし結局は、手ならされた愛玩動物のように、彼の後から尾を巻いてついていったのである。

ネオンの明かりに混じって、真新しい赤みがかった月の光が愛を確かめあう二人の男女の心中にまで差し込み、その光はある一点において、今まさに交わろうとしていた。

一本の大木が、寛大なる愛の枝を天に向かって大きく広げ、私たちを迎えていた。　大木の根元で、震える私の体を支えると、彼は息詰まるような激しい口づけを求めてきた。口づけの愛が満たされると、新たな激しさを加えた両手で、私の身を地面に向かって叩きつけようとした。

その瞬間、処女煩悩が頭をもたげた。幾日も降り続いた雨あがりの地面を口実に、激しく拒否したのである。すると彼はさも手慣れた仕種のように、包装紙をおもむろに取り出し、皺を伸ばしながら敷き始めた。

全身の血が一気に吸い取られたと思うほどの貧血を覚え、手足は中風のように小刻みに震えるばかりであった。これからどういうことが起こるのか、自身でも分からなかった。分かるのは、彼の心、彼の心でのみ計算された、彼自身の心でしかなかった。

そしてどのくらい時間が過ぎ去ったのか、まったく分からなかった。また、どういう行動が男女二人の間に取りかわされたのかも、気づかなかった。ただ彼に激しい抵抗を試みながらも、超してはならぬ平行線を乗り越え、ついに一つにとけあった物体になったのではないかと思われた。「送る」という彼を拒否し、歩き出す。暖風に変わった夜風が、汚れた肌をなで労わるように、通り過ぎていった。

それ以来、彼からはまったく音沙汰はなく、数日が過ぎ去った。やがて私は大学病院での精密検査に訪れた。その日は心臓に必要な検査を一応終え、来週出る結果を待つのみとなった。その旨を彼に連絡し、同行してくれるよう、頼んだのだ。三日後、私の指定した時刻に、彼は電話をくれた。

「結果は、湖月さんの聞きたい範囲なら良いですよ」

そっけない一言であった。

「でも、一緒にいらしていただかなくては。納得いかなくても困りますので」

「うん、仕事も忙しいし、とにかく湖月さんの聞きたい範囲内でいいですよ」

「でしたら、どのようなことを伺ってくれれば良いのか、おっしゃってください。私メモして、それを先生に伺って来たいと思いますので」

「そうだね、今後どのような生活を続けていけば良いか。特に注意すること、のような程度じゃないかなあ。後は湖月さん自身が聞きたいことを伺ってくればいいと思うけど」

たとえ容姿の映らぬ電話線を通しての声といっても、彼のどうでも良いというような心中は、はっきりと伝わってきた。

受話器から、彼の心の内を知りながらも、やはり信じまいとした。信じることが、やはりつらかった。それ以上に恐ろしかったからである。このどっちつかずの彼の意味深長な言葉を、いかに理解して良いかと迷いながらも、人のいる手前一旦電話を切った。翌週、切ない思いのまま、帝都大学へ向かい、結果を待った。

しかし、その結果は出ず、翌週の結果待ちとなった。

その旨を彼に知らせるべく、電話を入れた。

二度ほど電話してみたが、彼は留守であった。

三度目の電話を切った後、彼から電話があった。

結果が延びたことを告げ、来週一緒に行ってほしいと頼んだ。

しかし答えは、先週と変わらぬ意味深長さで、あるいは逃げ口上であるようにも聞き取れた。

それでいながら、疑ってみることはできなかった。

とにかく、今夜会ってほしいと告げたのだが、「今夜は約束があるからだめ。明日なら何とか都合がつくと思う。夕方もう一度電話する」

そう言う彼を信じ、電話を切った。

今夜会えば、何もかも彼の心中を把握できるのだ。とにかく会ってみること。

会うことが、ただ一つ残された解決の方法であると思えたのである。

夕刻には来るであろう彼からの電話を待ったが、五時を過ぎても連絡がなかった。

怒りはかつて覚えたことのないほどの激しさで襲い、私は怒りに震える手で受話器を握り、一気にダイヤルを回した。

「ああ、今夜は約束があるので会えないよ」

「じゃ明日なら会ってくださいますか」

「ああ、明日、学校帰り四時、大和駅で会おう」

激しい憤りが渦巻き、意趣返しのように猛々しい音を立てて受話器を叩き切った。そうしなければ、怒りが収まらなかった。一旦愛が冷め始めると、約束しあったこともすっかり忘れ去り、平気でいられるほど人の心を一変させるものなのだろうか。心の片隅にでも生き続けていたのなら、このような見苦しい結末とはならなかったのであろう。

それでも翌日には、彼への怒りは消え、学校帰りという彼に、サンドイッチを作り大和駅で待った。約束の時間から、瞬く間に二十分が経過していった。そしてまったく反対の方向の上り電車から降りる彼を見た時、もはや彼の誠実さはひとかけらも残されていないのを感知したのである。約束を破るのが常道となってしまった彼の姿を、嫌が上にも見せつけられるようであった。

それでも怒る気持ちはなかった。私にはまだ彼を信じる気持ちが、残っていたのである。最後の最後まで、愛した彼を信じていたかった。

だが彼から出てきたのは、「湖月さんの切符で行けるところまで行こう。もう一度都心まで出ていくのは嫌だからね」という冷たい突き放すような声だった。日曜日の割には、比較的空席の目立つ喫茶店に入った。以前の彼なら、人目の少ない隅をねらうはず。その日、愛せぬ私とのデートにはその必要もなく、誰の目にも入る席に座ったのである。

席に着く早々、彼は尋ねた。

「今日はどうして会うことにしたのだっけ」

口火を切る彼は、疑う余地もなく、もう私のことを愛していなかった。「検査に行ってきたことは、先日お話しした通りです。結果が来週に延びたので、ご一緒していただけたらと思ったのです。あなた自身納得いかなくては困ると思ったものですから」

普段の平静さで、彼の瞳を見つめながら言った。しばらく彼は、「困ったなあ」という同じつぶやきを繰り返していた。

「お仕事はお忙しいのですか。決算ですか」。続けざまに尋ねた。

「いや、困ったなあ。どうしようかなあ。いや本当のことを言おう。もうその必要がないのですよ」

その一瞬、彼の瞳が濁っていくのが分かった。それでも彼の瞳から目を離さず言った。

「必要がないとおっしゃったって、私はすでに検査も済み、結果が出るだけとなっているのですよ」

「そんなの勝手さ」

濁った瞳は、すでに私から外されていた。それでも彼の瞳が戻るのを根気強く待った。

「私は今、何も症状がありませんでした。それは波立さんもご存じでしたわね。それなら私、何も検査になど行かなくても良かったのですわ」

湧き上がる激情を心でかみ殺し、どうにか抑制していた。

「それなら行かなければいいじゃないか」

「だって結果が出るのですよ。検査はもう済んだのですよ。あなただって、結果を聞きに行くから行った方が良いと言ったじゃありませんか」

悔しさにきゅっと奥歯をかみ締めた。それでも自制心はなおも強く保たれていた。彼の蒼白い肌はみるみる興奮の赤みを帯び、意趣返しのような冷酷な一言、私を引き離す決定的な一言を浴びせた。

「そんなこと言ったかなあ。言ったとしたら忘れた」

この彼の一言は、何とも表現しがたい愛の潮時の決定的な瞬間の一言であった。一年半もの間、燻り続けた愛情の絆は、この一言によって完全に切り落とされたのである。愛の心はすでに、どこにも見つけることはできなかった。つい先ほど、つい先ほどまで、わずかな、蝋燭のような愛の炎が灯っていたのに。

今はもう何もない。

愛の心って、こんなにも偽りで占められているのだろうか。誤解で成り立つ愛情だったのだろうか。彼の幻に恋をし、そして今その幻が彼の姿から拭い去られようとしている。そう思えるほど、目の前の彼に恋していたとは、我ながら信じられなかった。

目の前の彼は、数多くいる男の中の、ただ一人の男だった人だろうか。プロポーズした人、よりを戻そうとした人、その人が、この人であったのだろうかと、改めて見直してみた。そしてあの過ぎ去りし日々が走馬灯のように私の胸を去来する。

「忘れたのなら、それでもいいわ」

吐息のように、私は言った。


彼の思わぬ一言は、私を冷静な心に戻したのであった。もはや彼を責め立てる心は失われていた。

（あのような醜態は彼だけでいい。私までが対抗する必要なんかないのだ）

自分にそう言い聞かせると、湧き上がる激情は不思議に消え去っていた。愛情の消えた今も、愛していた日と同様に、私の瞳の中に納めなければならなかった。帰らざる青春の記憶の一ページ、愛の終わりの真の男の姿を、しっかり脳裏深く刻み込むべく、彼から視線を外さなかった。

もう愛の心、慕う心は、跡形もなく消え去っていた。彼を思い切りなぐりつけたい心も、怒鳴りたい気持ちも、愛情が失われたのと同様、やはり湧き上がっては来なかった。勝ち気の私にしては、不思議きわまることであった。

彼は興奮してなお早口でまくしたてた。

「前に戻すと言ったのは、白紙に戻す意味だった。どこでどうなったか知らないけれど、戻す意味が違った」

激昂に近い叫び声を上げていた。どのような弁解も慰めも、今の私は欲しくなかった。ただ彼との交際に、全ての終止符が打たれたことを知った。

「今日は、どういう気持ちで会ってくださったのですか」

「全然無関係なことだと思っていたし、何とも思わなかった。また責任などまったく感じない」

彼の一挙手一投足を、瞬き一つせず見続けた。彼の目はテーブルを見つめていたが、ほんの瞬間二人の視線が合わさると、慌ててそらす彼がひどく不憫にも思えた。第一印象の落ち着きある誠実さに比べると、あまりにもかけ離れた彼の姿であった。

「他の多くの女性は泣くでしょうけれど、私は泣きません。今更泣いてどうなるわけでもありませんから」

その時は強がりでない、本心で言ったつもりであった。ややしばらく沈黙が続いた後、運ばれてきたソーダ水を息継ぎのように飲み干し、言葉を続けた。

「一度作った溝は、やはり埋められないと思っていました。でも埋められるものならと思っていました。波立さん、波立さんだけは約束を破る人じゃないと信じておりました」

語尾は震え、それ以上続けることはできなかった。声に混じった涙が、初めて流れてきたのである。しかしすぐさま笑みが口元に作られていた。意識の中から作られた笑顔であった。

「あなたと別れた後、僕は結婚しない。勉強だけに生きていきます。所詮人を愛することなど僕にできないから」

「少なくとも、最初は愛せたのでしょう」

「うん、それはそうだ」

すでにお互いの心は冷静に戻り、何事もなかったような穏やかさに戻って話しあっていた。しかし心はますます離れ、他人らしき会話になっていた。

「今までの別れの中で、一番苦しく哀しい別れなんです。でも自分で、そういう結果にしたのですから、仕方ないのです」

沈んだ彼の一言にも、私にはただの社交辞令にしか聞こえなかった。そして急に、電車の行き交う物音が、いっそう高く響いたように感じられた。その時すでに、二人はそれぞれ切り開くべき人生の道に向かって歩き始めていた。

「そろそろ出ましょうか」

促すように彼が言った。

「自分の分は、自分で支払います」

愛せぬ人となった今、彼からごちそうになるのは、嫌だった。その瞬間、彼は白い歯を出して笑った。そして次の瞬間に、苦笑しながら二人分の勘定を済ませて外に出た。

もう、恋人でもなければ友人でもない。再会のない二人、互いの死さえも確かめあうことのできない二人となるのである。彼と結婚して、同じ墓に入る約束はついに実らず、出会ってからわずか一年半後の別れとなった。

「どうぞお幸福《しあわせ》にお過ごしください。そして、僕を許してください」

駅のホームで別れる時、礼儀正しいお辞儀をしながら彼は心なしか寂しさを秘めているように思えた。

「お互いに幸福になりましょうね」

電車は滑るように、次第に彼との距離を遠ざけ、やがて私は孤独の中に置かれた。一年半前の、彼との交際などなかった以前の私に戻ったに過ぎない。そう自身に言い聞かせてみた。しかし空しかった。何もなかったと思えば思うほど、空しさが心中に広がり、心のよりどころはどこにも見い出せなかった。

電車を降りると、いつしか私の足は川に向かっていた。夕焼けが、西空を深紅色に染めていた。大和から、かすかに見える秩父の山に沈む夕日の美しさは、形容のしようもないほど見事な美しさだった。燃えるような西空。雲の切れ目にも、その赤い色が広がっていた。やがて、その深紅色が夜の闇に溶け込んでいった時、恨まぬつもりの怒りが、唐突な激情となって湧き上がってきた。その瞬間、闇に彼の顔がくっきりと浮かびあがった。

とっさに、浮かんだ彼の頬めがけ平手打ちを加えた。しかしその手は、自分自身の罪に跳ね返され、私の頬を強く叩いていた。これから先、どのように生き、何を目標に進んでいけば良いのだろうか。苦痛に歪む私には、何も行く先が見つからなかった。

真っ暗な夜道を、どう歩き続けたのだろうか？

しかし気づいた時、暗闇の寮へと帰り着いていたのである。

翌日も、その翌々日も、とうとう涙は流れなかった。涙を流すことにより、負けると思う強がりが、私の心を占めていたからである。勝つためには、決して涙を流してはならぬのだ。彼に勝つ、それは、幸福な結婚をし、健康な子どもを産むことだ。しかし哀しいかな、現在の私には、それだけの健康も幸福も、何の資格もなかった。

ただただ健康、健康だけが、今の私には欲しかった。愛も、恋人も、健康の前にはとるにたらぬちっぽけな存在でしかないように思えた。

健康、健康さえあれば幸福になれる。

どん底の哀しみに喘ぐ私とは逆に、周りの多くの同僚は、様々な形でその幸福を手に入れ、結婚に踏み切っていった。「結婚」という文句に弱い女の見本となった私。美しい彼女たちの姿にも、心の貧しさ故だろうか、毒をもって制すかのような嫉妬の涙であふれたのである。新婚さんの多くの同僚は、少なくとも私の目には、幸福に生きる妻のサンプルであるように思えてならなかった。

第3章　恋の別れ

最後の別れとなって三日後、帝都大学外来の診療室を訪れた。カルテにはりつけられている診断書をめくりながら担当医者は、何気なく尋ねた。

「結婚のために診察に来られたのですね」

一瞬戸惑った。

「ええ。そのつもりでありましたが、だめになってしまいました」

「病気を患っていることを知ったからですか」

カルテに視線を投げたまま、気遣うように尋ねる先生であった。

「いいえ、それだけではありません。でも反対が強かったものですから」

差し障りのない答え方をした。それっきり二度と担当医師は尋ねなかった。

「カテーテルをおこないましょう。カテーテルをおこなえば、病状の違いが明確に分かります。その検査が済んだ後、結果をお知らせしましょう」

結果は三度延ばされた。翌週の土曜日には、心臓カテーテルをおこなったのである。それは、手または足の一部分を切開し、動脈の流れに沿って心臓弁まで細い管を入れ、血液の流れ具合、酸素の量などを調べる医療だ。

北仙大学で九年前と帝都大学での今回で、二度目の検査であった。ごつごつした手術台の上にあおむけのまま、身動き一つ許されぬ厳しい検査だった。局所麻酔が打たれてから、ゆうに三時間半は越えていた。それでも身動きは許されなかった。

「湖月さん、湖月さん、痛かったら、痛いと言ってくださいね」

看護師は何の反応も示さない私に返事を求めた。しかし、答えるのも面倒なほど全身がくたくたになり、疲労の脂汗が額ににじみ出ていた。その中、医師たちが医療の専門用語で交わすやりとりの一言をも聞きもらすまいと、耳を澄ませていた。だが素人の私には分かるはずもなく、「馬の耳に念仏」の会話でしかなかった。

そして一言。

「もうすぐ終わりだ」

はっきりとした日本語が、苦痛に苦しむ私を喜ばせた。間もなく、これまでにない息苦しさを覚えた。普通なら、一気に吐く呼吸を、三、四つの小刻みに吐く激しい息づかいとなっていた。テレビ画面のような機械に、三本の様々な横波が、明るい灯を点しながら映像となって流れていた。身動きできぬ苦痛は、傷の痛みなどに比べられないほどだった。

身動きしようとした。

「今が一番大事なのですよ、湖月さん。もう少しで終わりですよ」

励ます先生の声が聞こえても、検査が終わる気配は感じられなかった。

ようやく検査終了を告げられた体を、いち早く横にしたいと思っても、自力では身動きできぬほど、全エネルギーの消費は大きく、疲れきっていた。

検査後の調子は、思いのほか悪く、軽い嘔吐を覚え、手術台で回復を待った。容体は依然変わらず、病室に移され、一泊の仮入院となった。頭痛が激しく、割れそうな痛みであった。

「顔が赤いぞ、熱があるんじゃないか。頬紅でもつけているのか」

一人の先生が心配げに尋ねた。

「いいえ、生まれつき赤いのです」

微笑んで答えた。担当医はすぐ私の額に触診する。

「いや、だいぶ熱があるぞ。体温計を寄越して」

測ってみてびっくりした。四十度近い高熱であった。

その事実を知った途端、病人らしい気弱さとなってしまった。カテーテル検査を終え、翌週の結果を持つのみとなった。さらなる検査の必要があると判断した担当医は病室を出ていった。今はどのような悪い結果が出ようとも、恐れるものは何もなかった。翌週、北仙大学での診断書とともに、今回の帝都大学診断書が入った封筒を渡された。

「よその病院へかかられる時は、必ずこの封筒を持っていかれた方が良いでしょう」

《湖月弘子殿。二十七歳、帝都大学の内科、診断、憎帽弁閉鎖不全兼狭窄症＋大動脈弁閉

鎖不全症》

カテーテル検査結果だ。このような難しい診断書は、素人の私にはまったく分からなかった。けれども、湖月弘子という人間が生き続ける限りにおいて、大切に保存しなければならぬということだけは、はっきりした。

「九年前の検査と、ほとんど変わっておりません。ただ良い方でも、悪い方でもないのですが、弁膜症であることには、間違いありません。現在の湖月さんの状態から言って、手術の必要性はありません。しかし手術の必要性があったとしても、現在の外科医学では、湖月さんのような心臓手術は相当困難であり、成功率はまだかなり低く、研究の余地を残しています。検査結果から、無理は禁物です。また、あなた自身考えておられた結婚をなさっても良いでしょう。ただし、結婚後一番注意しなければならないのは、お産の時です。でも現在の状態でしたなら、お産しても大丈夫と思われます」

にこやかな笑顔を作って、私の身を案じてくださる担当医に感謝しながら、病院を後にした。子どもを産めるという結果を喜んで聞いてくれる人もいなくなった今、新たな哀しみが胸にこみ上げてきた。しかし、哀しみの中にも、ただ一人の女としての可能性がまだ、この弁膜症の私にも残されていたという気休めが、わずかに救ってくれる命綱だった。

心臓外来に通う患者の中で私はまるで健康の持ち主ででもあるかのように、必要以上に赤い頬をしていた。唇もその人たちよりは、数倍に赤色を帯びていた。心臓外来という同じ病の患者が至るところにいて、その人たちに親しみを感じ、その場にいる限り、少なくとも哀しみは完全に心から消えていた。

その人々の話に耳を傾けながら、そのほとんどの患者は私が思うほど深刻めいた苦悩を話さずに、底抜けに明るかったのだ。自ら進んで会話をしなかったが、同じ病の患者との会話は、様々な点でプラスとなったのである。

「二人目の子どもを出産しなかったなら、弁膜症を生涯知らずに過ごしたかもしれないのです」

四十歳近いこの夫人を、これほど羨望の眼で見つめたことはかつてなかった。もしこの数分間、会話をしなかったら、どこにでもいる中年女性に過ぎなかったであろう。今もなお女性の本能が、この夫人の中に崇高な女として生き永らえていることを知った。

この夫人は、すでに女としての大役を果たしていた。それ故、どの患者の誰よりも弁膜症をさほど苦痛にせずに、暮らしてゆけるだろう。その幸福を、羨望の思いで眺めたのである。二人の子の母親であり、理解ある夫がいる夫人が示す態度の全てに、明るさが満ちていたからだ。リュウマチは、今も子どもの多くが発症し、その高熱による心臓への負担がもたらされていた。会話をした同じ病の患者のほとんどが、リュウマチ熱からおかされた心臓病だった。

私の性格の悪さや魅力のなさは、心臓病以上に心の負担を彼に与えていたことを痛感した。この女性のように、心臓病などを気にしない性格であったなら、今頃は彼女同様、「愛の勝利者」とも言える夫婦という一家を作り上げられたのかもしれない。

このようなわずかな心臓外来における日々の会話は、生きていく上で貴重な体験となった。心臓に関する全ての検査を終え、結果が出た現在、この町を永久に去らねばならないと心に決めたその日の夕刻、住み慣れた町を後にしていた。それは、彼が私の元を去って二ヶ月後のことであった。

気持ちを整理するため故郷の新舞子浜へ向かった。私の傷心を癒やしてくれる唯一の場所だった。懐かしい故郷の香りをこの痛む胸に刻み、おもいっきり吸いたかったからでもある。

上野駅を発つ直前も、埼玉への愛着はまだ、完全に捨てきれていなかった。傷跡に身もだえる私に、大東京の玄関口、上野の山から見下ろす夜のきらめきは、今なお変わらぬ華美な輝きを放っていた。憎悪に唇をきゅっとかみ締めた時、列車は穏やかに動きだし、故郷に向かって線路を走り始めた。

全てが過去の思い出となって、胸の奥に完全に閉ざされていた。その夜、まったく思いもかけぬ新舞子浜で、命を絶とうとしたのである。死の淵をさまよいながらも、死神は生きる宿命を私に与え、苦難に喘いで生き抜く教師とさせた。

新舞子浜における奈都美さんとの一週間の生活は、新たな生涯を私に見い出してくれた。故郷へ帰っていながら、父母の元には戻らず、奈都美さんの励ましを受けて再び帰京した。

そして九日後、安心したのも束の間、体調の異変に気づき、不安感に包まれ、婦人科医を訪れた。妊娠二ヶ月との診断を受けた。

しかし、不安の波は一瞬にして消え、恐れるものは何もなかった。微笑みを取り戻し、新妻のような初々しさに包まれるのをはっきりと、自覚した。

女としての使命感、さらには「彼に勝つ日が私に与えられた」という喜びでいっぱいとなり、生きる大きな励ましとなった。

愛に支えられた小さな一つの祈りの誕生は、思いもかけぬ女を意識させてくれた。それから三日後の夕刻、一人故郷の父母の元へ出産のために帰った。胎内に宿す小さな生命に、今の私には孤独感はなく、幸福ばかりが激しい血の渇望となって湧き上がってきた。

彼が私の元を去って二ヶ月、恨む気持ちは去った。やはり彼を恨んだが、決して涙は流さなかった。今更ながら、その時の私の勝ち気さに驚いたのだった。

今、私の至らなさからの涙で、新たな苦痛の涙となって流れた。抑制のない自我の涙であった。自分の至らなさに気づかなかったなら、永遠に彼への涙は流さなかったかもしれない。その哀しみの中でも、一時の憩いを見い出すことができた。

それは、琴に生きる道だった。必死に生きる覚悟をした時でもあった。左右の頬にあふれ出た涙は、十三弦の琴線にわずかな狂いを与えるように、桐の上に静かに流れ落ちた。日ごとにふくれあがるお腹にまっ先に気がついた母は、晩秋の午後、年齢に合わぬ赤い頬を耳たぶまで染めながら、私の部屋を訪れた。

力なく障子戸をそっと開くと、一瞬戸惑うように立ちすくんでいる母の姿が目に入った。生娘の私なら「どうしたの」と尋ねたであろう。

今の私には、母の心配が余計な出来事で、うるさい存在だと嫌い始めていた。このため、母は気づかぬふりをして立ち去るであろうと思った。しかし、一向に去る気配はなかった。やがて決心がついたのか、戸が閉まる音がうるさい程の大きさで響き、私の神経を苛立たせた。不快感はさらに、心を覆った。

母は私のお腹から出て来る乳児を見るまで、忍耐強く待つ心づもりらしく、一向に立ち去ろうとはしなかった。それでも知らぬふうに装って目を閉じていた。

どのくらい時が過ぎたのか分からぬまま、太陽が早めに西に傾き始めていることからみて、長時間たったことだけは分かった。

その間、「弘子、弘子」と呼ぶ母の声を聞いていた。お手洗いへ向かうにも母がいる。口を利くのも面倒。我慢仕切れず、体をもじもじとさせながら母の立ち去るのを待った。

「弘子、お便所へ行って来なさい。我慢していると体を壊すから」

普段と変わらぬ母の一声も、鋭い響きを持って、私を突き刺す言葉のように聞こえた。

「うるさいわね。私がお手洗いに行こうが、行くまいが勝手じゃないの。大きなお世話よ。自分で行ってくればいいじゃないの」

噛み付かんばかりの絶叫を上げると、一気に寝床から起き上がった。驚いた母の表情は不安感が漂い、娘の母として労わる眼差しには涙が浮かんだ。そのような母の瞳に出会うと、さらに反抗心は燃え上がるばかりであった。

身支度する私の足元に、母の我が身を心配する一声が流れた。

「弘子、母さんはお前の身体を案じているだけなのよ。どうしてお前は許してくれないの。弘子の苛立つ気持ちは、弘子にもう一つの命が宿っているからなのだよ。その子をきちんとすれば、また以前の弘子に戻れるから。ねえ弘子……」

「嫌よ、誰が何と言ったって、私に与えられたもう一つの生命を闇に葬ることなんて、絶対しないわ。愛の代償、女として与えられた私だけの喜び。使命を果たすだけなのですから。もうたくさん。私の考えは絶対に変わらないのですから」

紅潮した耳たぶをそっと右手で押さえ、一瞬母から視線を外した。

「弘子はそれで済むと思っているかもしれないけれど、産まれてくる子の本当の幸福を考えたら、それでもその子は十分幸福だと言える自信があるの？　子どもは夫婦の愛情によって成り立つのよ。ただ愛したその印として産むなんてことは、絶対に許されるべきことではないの。それに弘子の一生が台無しになってしまう。今からでも遅くない。母さんと一緒に行こうね。この子の幸福のために」

こう言われた時、今までに感じたことがない苦しみを味わい、動揺した。しかし、決心はそれ以上に固く、どのような忠告にも耳を貸そうとはしなかった。

勝ち気な目をきゅっとつり上げ、布団にもぐり込みながら、先ほどより力なく言った。

「私の一生はこれでおしまいよ。今更、台無しになろうと、なるまいと私の娘としての時代は過ぎ去ったわ。心配は無用です。自分のことは自分でします」

「その彼の住所だけで良いのだけれど、母さんに教えてくれる」

静かに哀願する母であった。しかし、どのような一大事が起きようとも、私の決心は変わらなかった。哀願する母の言葉を頑として聞き入れなかった。

「相手が分かってどうなるはずもなく、死んでもあの人へは知らせないつもりです」

母の赤い頬は涙でやつれ、弱々しい瞳からは涙が流れていた。私の眉間には、険しい数本の縦皺が集まり、ぴくぴく目の痙攣を繰り返していた。

「もうこれ以上話す必要を認めません。すぐに出ていってください」

それだけ言うと、頭から布団をかぶり、出る涙を隠した。

「弘子、お前は、お前は」と泣きじゃくる子どものように、母は追われるように私の部屋を出ていった。

「ふん、私の気持ちなんか分かるもんですか。母だって、姉妹だって、みんな他人じゃないの。それが同じ胎内から受け継いだ血が流れているというだけで、私の気持ちを理解しようなんて、馬鹿げているわ。そうよ、馬鹿げていることなんだわ」

心を落ち着かせながら、流れ出る涙を両手でぬぐっていた。その日から毎晩のように、決まって私の元へ泣きながら通う母となっていた。

しかし私の半狂乱が始まると、泣きじゃくりながら、母は引き揚げていく。それでもその母を、不憫だという感情は何も起きなかった。涼風から変わった寒風は、辺り一面の野面を吹き渡り、晩秋から冬へと向かっていた。

ひときわ賑わって聞こえていた虫の声も、いつしかコオロギのか弱い、途切れがちの秋の名残となっていた。眠れぬ深夜にも、ゆく秋を思い鳴く美しいコロオギの子守歌を小耳に挟みながら、眠りの中に入ってゆく日々が続いた。ひときわ美しく鳴くコオロギの声が響く夜だった。

父の低音の声が、障子の向こう側から聞こえていた。

「弘子は本気で子どもを産もうとしているのか。これが東京に出してやった親への仕返しなのか。勝ち気なあの子がなぜ、こんな馬鹿なまねをしたんだ。一度愛したというだけで、なぜみんなで苦しまなければならないのだ」

「待ってください。あの娘《こ》は今、愛の病にうなされています。あなたがそのような態度に出られたら、死んでも私たちの言う通りにはしない。あの娘《こ》は本当に変わってしまった。私たちを含めた人間全部に嫉妬し、宿した命だけを守るのを使命のように思っているようです。身近な私たちへの精一杯の反抗心を持ちながら生きているのが、弘子なのです。あの強気があるからこそ、死の道を選ばずに、生きてきたのでしょう。あの娘《こ》は不憫です。あの娘《こ》に必要なのは愛なのです。あの娘《こ》はきっと産むでしょう。こうなってしまった以上、近所隣に知れぬように産ませましょう」

母が言い終わるのを待ちきれなかった父の怒りが爆発した。

「馬鹿もの。父親のない子どもを産ませるわけにはいかない。ふしだらな女をこの湖月家には置けない」

これに対して母は答えた。

「それでは、あの娘《こ》があまりにも可哀想じゃありませんか。そりゃ弘子のしたことは、道理に外れた道かもしれません。でもあの娘《こ》を見捨てたら、いったいどうなりますか。寛大な愛で包んであげなくてはならない時期なんです」

父も負けてはいなかった。

「お前はそれで済むかもしれないが、私は恥ずかしくて外も歩けん」

「そんなことばかり言って、あの娘《こ》の気持ちを考えてあげなかったなら、それこそ取り返しがつかない結果になりかねません」

ひ弱な母としか思ってなかった母は、娘を思う母親であり、女性の味方だった。

「産ませましょう。産めば気も収まります。親の感情を殺して待ってあげましょう。お父さん。朝方、菜穂子から速達が来たんですけれど、これなら許してあげられるでしょう」

母の声と手紙を開く音がした。読み終えた父の声が、再び怒りを帯びて聞こえてきた。

「あの娘《こ》には産ませてはならない。傷ついたとはいえ、娘なのだから」

「お願いです。弘子に強い愛情が生まれた以上、もう何を言っても無駄です」

「男の居所だけでも聞き出さなくてはならないぞ」

「何度も聞いたのですが、強気の子だけに、決して口を割ろうとはしません」

「男の居場所も分からないまま産ませるつもりなのか！　お前たちは、一事が万事、全てこうなんだ。俺が今夜に必ず聞き出してみせる」

父親として押さえきれぬ叫びであった。

「父さん、物は考えよう、菜穂子夫婦に引き取ってもらえるのなら、相手が誰であろうと構わないのではないでしょうか」

「馬鹿もの」

これ以上聞き出すことはできなかった。

「今夜にでも、弘子の口から聞きたい」

父の怒り声が部屋中に響いた。足音が近づいてきたので、頭から布団をかぶって息を殺した。その声は、私を脅かす「刃物」のようにも思えた。

ついに父は姿を現さなかった。時折、母だけが心配して私の様子を見に来た。「弘子、もう少し動かなくちゃだめだよ。難産になるから適当な運動をしなくてはだめだよ」と注意してくれた。

家族のどの顔にも、諦めの色が濃くなっているのを何となく感じていた。その後の日々は平穏無事に過ぎていった。

そして七ヶ月後の夕刻、心臓の圧迫、さらには激しい動悸を覚えた。彼に勝たねばならない。どうしてもという強い信念が、意外なほど私を包んでいた。

それは三月末日のことであった。その日は珍しく春雪の舞う寒い日であった。その苦痛の中で、姉から来た小包を受け取った。

それは、忘れもしない新舞子浜の奈都美さんからの小包であった。隣町でありながら、帰省してから一度も尋ねることはなかった。包装紙に包まれた一冊のノートが目に留まった。それは、つまり六ヶ月前に切々と書き送った私の手紙が綴り込まれたノートであった。

そのノート以外に、奈都美さんからの手紙が同封されていた。

「このノートは母が唯一残した形見の品です。弘子様が大切に保管されることを願って、母は他界しました」

丁寧な手紙が、私を励ました。すでに、彼女の母は他界していた。悲痛な苦しみの中にも、在りし日のその姿が、今もなお新しい記憶のように、はっきり私の瞳に残っている。

ノートを拾い読みしながら、つい先日の出来事のように思え涙は止めどなくあふれた。

憎悪でもなければ、恨みの涙でもなかった。

それは、自身の至らなさに開眼した涙だった。彼を恨んでいないことが意外なほど私自身を喜ばせる「真実の声」だった。

今はただ女として与えられた可能性を果たすことのみに生き甲斐を見いだしていた。丈夫な子どもを産み、「強く生きる」という喜びだけが、私の命を継いでいた。

妊婦という喜びを知らなかったころ、「醜い女」の姿であると軽蔑していた。今もっとも嫌った大きく突き出た妊婦の姿を、「美しい女の姿」として発見したのである。

入退院には、近所に気づかれないように気を配り、七ヶ月目の早産で女児を出産した。四月三日、午前二時十分、陣痛らしきものを覚えて十七、八時間。多少の苦痛があったが、苦しいとは思わなかった。精神力が苦痛を感じさせなかっただけなのである。

実際には、死の淵をさまようような出産の苦しみであった。帝王切開を避けた私は、どのような苦痛にも耐えきれたのである。

心臓悪化を心配していた中で、まったく奇跡的な出産だった。産科医や内科医を不思議がらせる分娩だった。持ち前の勝ち気さ、負けん気も心臓の危機を救ってくれた。七ヶ月の未熟児とはいえ、五体満足であることに涙が止めどもなく流れた。

母の大役を果たした私の心は喜びに満ちあふれ、全ての行動が私への祝福の「微笑」に思えた。

「彼に勝ったのだ、健康な子どもを産めたのだ。あの人は父親になったのだ。でもあの人は何も知らない。あの人に知らせる必要は何もないのだ。女の私にだけ与えられた幸福なんだもの」

泣きながら心の中で叫んでいた。涙を流しながらも、笑顔が戻っていた。

その日の夕方、激しい動悸、目眩が急激に襲って来た。束の間の喜びでしかなかった。内科医の診療を受けた私は、三ヶ月間の療養を厳重に申し渡された。

未熟児の我が子は保育器の中で、すくすく育っていた。一ヶ月後、我が子は退院となっても、私は産科から内科へ移されたままだった。未熟児の我が子と一度の対面もなく、我が子は私の母の胸に抱かれ退院していった。

それは正妻でない私生児出産への母親の心遣いであることを、出産して初めて気づいた。怒りはまったく感じられなかったのである。転科して二ヶ月、一時消えていた頬の赤みが出始め、退院間近い肌の色となっていった。そして初対面をしていない我が子への不安感が、心に襲ってきた。

「父親のない子、私生児」

しかしながら、産んだことに対しての後悔はなかった。むしろ一つの生命を宿した以上、闇に捨てることは、私にはできなかった。パンパンに張り詰めた豊かな乳房からは、甘いミルクのような乳が静かにしたたり落ちていた。その豊かな乳房を含む赤子の口元を見ぬまま、白いガーゼにしぼり捨てる毎日であった。

転科して二ヶ月半してから、思いのほか早い退院となった。我が子を一目見たさに、自分でも驚くほど早く回復したのだ。退院後、ミルクで育てられた我が子まで、未熟児とは思えない丸々とした赤子の、艶やかな光ある肌となっていた。そして、どことなく私に似ているような、親バカの心境を味わった。

肌着の奥に隠された白い五本の指は、軽く握っていた。安らかな眠りについていた。母は愛、そして、女の本能が一瞬にして目覚めた。赤子の身動き一つにも、涙をもって喜びを感じる日々が続いた。

この小さな生命を、私のどこに宿していたのか。不思議にさえ思えた。出産後二ヶ月半にして初めて、人目を忍んで、乳房を与えてみた。何となく気恥ずかしさはまだ残りながらも、我が子は、くすぐるような小さな唇から私の心身を吸い取るような激しさで、一息に乳房を吸い取った。

本来ならこう話す。

「あら、〇〇さん似ね」

また、来客中には、なるべく泣き声を出さぬよう気遣っていた。しかし、そんな思いでいる時、決まって泣き出す赤子に、母親の私から受け継いだ勝ち気な性格を感じさせた。

その声を他人は不思議そうに聞くらしく、母が「姉の子」であると弁解している姿に、心痛める日々であった。

退院して七日目の夕刻、一通の封書を手にした母は「どう、気分は」と持ち前の優しさで私の部屋に来た。「ええ」。赤らむ頬を布団に隠し、目だけを出して答えた。母から切り出す前に、その手紙は姉からのものであることを鋭敏に感じ取っていた。しかし、支度前のような怒りは消えていた。「実は」と戸惑う母は、私の目もとを見つめた。そしてさらに言葉を継いだ。

「実は、弘子の子どもの件なのだけれど」

姉からの手紙を開きながら言った。

「菜穂子たちには子どもがあの通りできないので、弘子の子どもを引き取りたいと話している。どうだろうか。養女に出すといったって他人じゃないし、会おうと思えばいつでも会えるのだから」

哀願に満ちた母の眼差しは涙で光っていた。

「ええ、ありがとう。でも今の私には、あの子との生涯しか考えられません。誰にも迷惑はかけません」

「迷惑とかどうとかではなく、一つの案としてまた娘を思う同じ母の立場で、私の意見を参考にしてもらいたいと思ってね。何も今すぐ返事が欲しいわけではないからね。それに菜穂子たちは、大阪転勤で、ごたごたしているらしい。弘子さえ決心がついたら、引き取りに来たいと言ってきている」

すでに我が子は、「いほり」と命名され、姉夫婦の娘として、入籍されていた。もちろん、私は知るよしもなかった。母親である私には隠され、ただ私の許可を待つ父母、姉夫婦なのであった。

「お母さん、私の一生は、この子へ捧げさせてください。どんな苦労もこの子と一緒ならきっと切り抜けていける自信があります。お願いです。この子は私の手元で育てます」

語尾はほとんど泣き声となり、母の耳には届かない声になっていた。

「弘子、全ての感傷をすぐ捨てなさい。あの子に物心がつき、父親のいない寂しさや出生の秘密を知った時の心境を考えてごらん。お前は両親の元で生まれ育ったから、その気持ちは理解できないかもしれないけど。今は弘子が意地を張っている時ではない。それに弘子自身、いつ病で倒れるか分からない。子どもを抱えてどのような生活をしようというの。私たちがいる間はそれでもいいけど、父さんも母さんも、いずれ弘子より先に旅立たなければならないのだよ。分かったわね、よく考えて返事をしなさいね」

怒らないまでも、まれに聞く厳しい母のしめくくりの言葉であった。

それから二日間はまったく食欲が湧かず、悩み続けた。いくら悩んでも、解決できるはずがなかった。雲をつかみ取るような放心状態で、翌日には、奈都美さん宅を尋ねる決心をして、新舞子浜へ向かった。

海の季節にはまだ早い六月、待ちきれぬ子どもが三人、大海原に威勢のいい声を張り上げ、はしゃいでいた。しばらく立ち止まり、遊び戯れる童子に見惚れていた。

「後、五つ、六つ、いや七つかな、それくらい経てばあの子にも、あのような姿が見られるはずだわ」

急に家に残してきた我が子を思い涙があふれた。子どもたち三人は休憩した後、今度は相撲を楽しんでいた。遊ぶ子などを背後に、枝ぶり良い老松の下で懐かしい奈都美さん宅を見つけた。

思い出が心の中に蘇った。哀しみ深かった過去の思い出だ。突然の私の来訪に驚いた表情を見せた奈都美さんと彼女の母の生命に代わった赤子の姿が目に入った。

彼女もこの六月末日に予定日より半月早く出産したという。彼女の住むいたるところに、幸福はこぼれるように満ち満ちていた。それは、気にすることもない一人の見慣れた母でしかなかった。

私も女に生まれ、母としての喜びを知った。父親のいない子、夫のいない妻を、この母となった奈都美さんの姿に接し、新たなる罪を意識させられ、胸が詰まった。

彼女の母の墓参を済ませて帰る道すがら、我が子を姉夫婦へ入籍させるべき幸福を必然的な答えとして、はっきりと私の心に刻んだ。

姉夫婦が大阪転勤した後の七月初旬、我が子「いほり」の引き取りに姉一人が来た。笑顔を作り目鼻立ちも徐々に赤子から抜けつつある、可愛いさが増したころであった。

強い決心をしたつもりでも、いざ別れとなると、「今生の別れ」のような悲痛な思いであった。見送りに行けばさらに辛くなると思い、我が家で姉の胸元に抱かれゆく我が子と別れたのだった。

そこには、赤子の泣き声もなく、あまりの静寂さにいたたまれぬ涙ばかりが止めどもなく流れた。愛する我が子との別れは、愛しあった人との別れ以上に深い愛情の絆による強い喪失感が心に染み渡った。

それだけに、単純な別れができる愛ではなかった。そこには戸籍上は異なる間柄となっても、切っても切れぬ血縁関係が、その子に深く根差し、割り切れぬ母娘意識であった。けれども必死で忘れる努力をしてみた。

しかし忘れるのだと思えば思うほど、思慕の念は募るばかりだった。我が子でない養女となった今でも、せめて「いほり」の近くに住んで、姿を見られることだけに生きる望みを託した。その一つの考えとして、真剣に大阪での就職を姉に相談したのである。今度だけは許さぬ姉、「いほり」の母であった。

ここは、「いほり」の実母となりきった姉の意気地が強く感じられたのである。姉の胸中を知りながら、私自身を救うものは何もないかのように思え、人生に絶望した。

支離滅裂。ただその人生のみが、今後、私の生きる道に与えられているように思えた。その夜、泣いて心が晴れるものならと、泣けるだけ泣いた。流しても、流しても、涙は枯れることがなかった。

その流れ落ちる一粒の涙が、唇を湿らした瞬間、人生を悟った。お腹を痛めて産んだという感傷から、母親としての資格を無理に意識させている。ただの甘さのみで生きている自分に辛く、再会の日、立派な叔母として対面できる心構えをしなくてはならぬと思い、さらなる涙がこみ上げてきた。

それは「いほり」が姉元へ引き取られて四ヶ月、つまり私が恋に破れ、初めて新舞子浜を尋ねた時よりも、やや遅い晩秋であった。松林を通り抜けると、目の前には太平洋の荒波が打ち寄せていた。

限りなく続く砂浜に、潮の満ちた波だけが、秋の白浜に残す足跡であった。海面を進んでいた小船は、いつしか水平線の彼方へ消え、再び青い空と海だけが視界に映る風景となっていた。

海面は、柔らかな緑色がかった青、そして深みある緑へと、秋の日差しによって、急速に変貌する海の色となっていた。

空と海は、水平線のある一点で交わる。続き物の自然とさえ思えるほどであった。私の視覚、心までが大きな誤算であったことを、上空を舞う鳥たちに思い知らされた。

この世界は終始一貫して、誤算の繰り返しで占められている意識であると認識すると、もう再び感傷の世界へは戻れなくなっていた。

気づいた時、足は奈都美さんの母と弟の墓地の前に止まっていた。過去の思いが私の胸に返って来た。その時、奈都美さんの母の声が、地下から響き渡るように心で感じ取った。

その日は、奈都美さん宅へは寄らず、冷たさを増した波打ち際を素足のまま歩き続け、帰途についた。

邪魔のない孤独の世界、自然の世界観であった。この自然を一番心から愛し、満喫を覚える征服感が、不思議に孤独を感じさせなかった。姉元へ引き取られた後の「いほり」の成長は、目覚ましいものがあった。今日は声を出して笑ったとか、体重、身長がどのくらい増したとかの知らせに、成長ぶりが目に映るようであった。

そして一年後、ハイハイから一人で立て、二、三歩よろよろ歩いたとか、まるで大事件でもあるかのような大写しで、写真を送ってきた。なるほど私の手元を離れた時の我が子とは、まったく異なった成長ぶりを見せていた。

子どもはこのような目覚ましい成長をしているにもかかわらず、私は二十九歳という若さをとどめたままの「枯れ木」のように、朽ちるばかりであった。

ただ子を慕い、泣きくれる愚かな母、叔母であってはならぬのだ、と再び心に言い聞かせ、湖月弘子の再出発の人生とすべく立ち上がったのである。そこには、東京での生活以外ないと悟り、再度上京を決意したのである。

私の上京に不安を抱きながらも、慰めのすべを知らぬ父母は黙認する形となってしまったのである。

第4章　波瀾

私の上京を待っていたのは、勤務先の工場の工員ばかりではなく、叔父、叔母たちでもあった。

上京したその夜、叔父宅を訪問した時である。

「弘子さん、野々原の家族になること、承知してくださるのでしょう」

微笑みながら、謎めいた尋ね方をする叔母に疑問を抱いた。

「どういう意味ですか」

問い返した。

「あら、田舎のご両親から、何かお聞きになっていませんか」

先ほどからの微笑を保ちながら叔母は言った。

「ええ、何も」

叔母の微笑を見つめながら答えた。

微笑みから大きな笑顔となり、金色の歯がちらりと覗いていた。

「今更そのような年でもありませんから。でも若奥さんはいつお家を出られたのですか」

叔母の瞳が微笑んだ時、その場の雰囲気を感じながら尋ねた。

「もうかれこれ七ヶ月、いや八ヶ月近くになりますわね。もともと、この家には向かない嫁さんでした。それに、自分が産んだ子どもたちばかりを可愛がり、先妻の二人の子へはちっとも愛情を与えない母親でしたからね」

伏し目がちに答える叔母は、額の汗をぬぐっていた。

「今すぐ返事をせよと申されましても、あまり突飛すぎて、私は困ってしまいます。でも、叔母さん、私がこのお家へ入ることになりましたら、私は三度目の母親、しかも四人の子どもさんたちにとっては血のつながりを持たない母親なんですもの。とても、丸く収められるはずがございません」

「大三も、弘子さんのことを知っております。むしろ大三の方が弘子さんとの縁談を進めてくださいと申しているくらいですのよ。子どもたちのことは私が見ますので、弘子さんは体だけ、野々原家の若妻になってほしいと思っておりますの」

養子、大三というその男を思い出した時、何となく身の毛がよだった。小柄な黒い肌に、ひげそり後の青さが、黒ごまのような気味悪さが残っていた。

初対面の両家を思い出したからだ。他人という立場から眺めている分には、それほど嫌気を感じなかった。それにもかかわらず、今その男の妻にと同意を求められたので、激しく心が動揺した。

愛情のない結婚は、破滅だと自分に言い聞かせていた。

けれども、三十女の私には、良縁と言えるのではないかという気持ちも芽生えていた。

まして、弁膜症の私のような女にとって、経済的にも安定した生活と妻の席は一度諦めたものなのだ。叔母の言葉は、そのように私の心に燃え上がらせたのである。

しかし、この男に関しては、悩みが尽きない打算的な愛情ばかりでしかなかった。商家の娘として育った私は、安定した収入の元での生活を楽しむことはできなかった。

漠然とした子どものころから、ごく平凡なサラリーマンの妻になることを夢見てきた。また、当然そういう人生を辿るだろうと信じて疑わなかった。そして今、最後に残されていた小さな夢、サラリーマンの妻にもなれぬ人生を知ったのである。

しかし、失望という悲しみは、三十女の私からは消え去ってしまったかのようで、弁膜症を煩った宿命は、私の一生を覆すイバラの道となった。

最後には、サラリーマンの妻になる夢は完全に捨てていた。母、三十女の逃げ道として商人の妻の座に胡坐《あぐら》をかこうと決心したのだ。

同じ商人の妻になっても、母は女として妻として幸福であったし、口に出して言わないまでも、しっかりした夫婦愛があった。そして今、若き日の母の姿を嫉妬にも似たような羨望の思いで懐しんでいる私だった。

それっきり、夫となるその男への悩みは解決され、歓迎する妻、母、嫁となる責任感を強く意識させ、湖月弘子の人生を、三十歳で一新させた。

挙式を上げるまでに、果たさなければならない長年の願望が一つあった。琴の先生、つまり、「教授資格」を正式に取ろうと決心したのだ。

挙式は十一月三日に内定し、嫁ぎ行く前に是非取得しなければならないと思っていた。結婚へ踏み切ろうと決心したその異性を、もっとも愛さなければならない。しかし、三十女の私には、嫁ぎゆく今も愛情らしきものは、燃え上がらなかった。だが、私の生涯をかけてきっと愛せるようになるだろう、と自身に言い聞かせた。

湖月弘子から、野々原弘子となる十一月三日、澄んだ青空にそよ風が吹き渡る日であった。一世一代の花嫁衣装を身につけたい娘心は、再婚の妻として嫁ぐ今にも、やはり消え去ってはいなかった。

三三九度の杯を受け、愛の誓いを口にした。

(現在はまだ分かりません。でも努力はしてみるつもりです)

神前に誓いながら、心では、本音を繰り返し叫んでいた。

挙式、披露宴も済み、工員、取引先、親族の祝福に送られた。

旅行先の伊東の旅館は、初々しい新婚さんで賑わっていた。それぞれの男女愛は素晴らしく、片時も離れられないという愛が満ちあふれていた。

そして今、自分の愛情の浅さに、一抹の不安と空しさを覚えたのである。

初夜、夫の吐くタバコの煙のゆらめきを眺めながら、野々原家の四人の子どもたちとともに、いほりの赤子時代、最後の別れの日を思い出していた。

初夜、野々原大三の妻、完全なる野々原弘子となった夜にも、歓喜は何一つ与えられなかった。

いきなり四人の子の母親となった今、何とも言えぬ空しさや悔悟の念が私の心を駆け抜けた。野々原家へ嫁ぐと決めた時、予想していたにもかかわらずだ。

現実になってみて、私の考えがいかに甘いものであったか心にしみた。四人の子を見つめながら申し訳なさでいっぱいになった。その時、叔母の声が私を救ってくれた。

由美子さんという最初の妻の死後、二年目にして再婚した大三は、再婚の妻、今日子さんとの間に双子が生まれた。先々妻の由美子さんという方がどのような女性であるのかは、ほとんど知らなかった。

野々原家の妻の座を与えられながらも、母の座は、空しいものとして第一夜を迎えたのである。この娘たちも愛さなければならない。嫁いで三度目の日曜日の午後、叔母の勧めで、久方降りで琴線に触れてみた。

「お母ちゃん」

若奈の一言は肌につくほどピンと来る言葉ではなかったが、野々原家へ嫁いだ母の幸福を強く感じ、「幸福の域」の中で心ゆくまで味わえた。野々原家の妻の座、母の座に、琴の音も加わり、愛はより深まった。

若奈はお母ちゃんの姿がちょっと見えないと、叔母を困らせ、部屋中を探し回っていた。琴を通じて母と娘の関係になれた。野々原家で、私が必要であることを若奈から教えられた。

野々原家の男性は、相通じるものがあった。どの男性も、この家の女性よりもおとなしく、存在感がなかった。それに比べ、しのと若奈は、目に見えて成長していった。

野々原家へ嫁いだ翌年の一月、結婚後初めて、十条工場を訪ねてみた。誰の目にも、若妻として一目置かれるように、丁寧な挨拶をするようになっていた。夫は川口工場にと役割を違えて働いていた。でも、川口工場は父の指揮の下で稼働していた。

翌年二月、体の変調に気づき、産婦人科を訪れた。妊娠二ヶ月だった。もちろん隠し立ての必要はなく、妊娠を喜んでいいはずだった。

だが、初産でない私には、母となる感激は薄く、愛情のない大三の子を身ごもったことに、腹立たしくさえ思えた。

先妻たちの四人の子への影響を考えた時、私が子どもを産むことに、苦痛を感じた。どんな境遇の中で生まれようとも、一つの命を守るために出産しなければならないという強い気持ちは、いほりを身ごもった時と同様に変わらなかった。

ところが、半月も過ぎた昼前、流産してしまい即刻入院となった。万一のことを考え、三日間入院した。涙が止まらなかった。それは、一つの命が消えた愛おしい気持ちからだった。そして、もう二度と身ごもらないと誓った。

夫への愛情は深まらなかった。夫と認識をしているが、無理やり大三を愛するのは嫌だった。

野々原家の妻・母親となって初めて、二人の子どもとともに寝た。この感激は、母と認めてくれた新婚の日と同様、野々原弘子の生涯において劇的な一場面になった。今日ほど女に生まれて良かったという幸福感を味わったことはなかった。

嫁いで数年経った頃、突然の脳卒中で義父が倒れ、翌朝の明け方、六十歳の生涯を閉じた。思いもかけぬ義父の急死だった。突然襲った義父の死に、家族全員立ち直れないショックを受けた。

義母の衝撃は特にひどかった。瞬く間に老け込み、白髪が目立つようになった。

義父の死は、夫の大三にとって解放感を与えたようだ。生真面目だった夫は外泊の回数が増していった。私は気にならず、嫉妬心も起きなかった。

それでも、夫は良心が咎めるようで、正当なる理由をつけては義母や私に行き先を告げた。その後、夫の乱暴は増していった。

そんな夫も、酒気のない日だけは、以前のおとなしい大三であった。怒り出す原因は、ほとんどつまらぬことがきっかけだった。返事が悪いと言ってけなし、返事をすればまた怒る。

そのような日が続く夜だった。夫は一度帰宅した。

「急用がある」

出かけていった夜半、珍しく夫が戻って来た。だいぶ酔っているらしく、千鳥足の夫を押さえようと手を伸ばした時、「触るな、けがらわしい」と力強く私の腕を振り払った。

「おい、飯だ、早くしろ」

続けざまに怒鳴った。

「お前はな、夫の俺に飯も食わさないつもりで寝ていたのか」

握りこぶしを震わせながら叫んだ。

「ご飯が冷えています。すぐ温めます」

「てめえらばかり、温かいものを食べ、主の俺には、冷や飯を食わせる気か。まあそれも良いだろう。養子の俺にはなあ、どうせ、あの婆の下心あってのことだろうからなあ」

薄気味悪い夫の笑い顔が、くっきりと浮かびあがった。

「早くしろ」

怒鳴りまくる夫。

「冷めていてもいいのですか」

ためらいながら渡すと、一口頬張った。そう思ったが間違いだった。

「こんなものが食えるか」

ご飯が私の顔をめがけて飛んできた。瞬間の出来事で、身を躱《かわ》す暇もなく、ご飯粒は顔にこびりついた。そのご飯粒がついた顔がおかしいと、ゲラゲラ高笑いする夫に手についたご飯を握りしめてぶつけ返そうとした。

「不憫な人」

こう思った瞬間、私の理性が強く働いた。

「お前は、馬鹿なのか、何も感じない女なのか」

続けざまに皮肉った笑顔を作る夫。

すぐに、味噌汁が私の全身に降りかかってきた。かけられた味噌汁とともに、涙がほとばしり出た。それでも、じっと耐えた。

動かぬ私に、一瞬驚き、そして魚のくさったような白眼を近づけ覗き込むと、よろけながら寝床についた。

その夜は一睡もすることができず、台所でうろうろしながら夜明けを迎えた。その場は耐えたが、野々原家にとどまることは不可能になっていた。

翌日、身の回りの荷物をまとめると、野々原家を出ることを決め、義母にそのことを告げた。大泣きする義母だった。

泣き崩れる義母は、思いもかけぬほど老けていた。困惑しているうちに夕方になり、夫は帰宅した。

野々原家を出る決心をしていたものの、子ども、義母、そして夫の姿に、もう少し我慢してみようと決めた。しかし、この決心は三日も持たなかった。

夫は、琴をぶち壊さんばかりの激しさで何度も叩きつけた。もう我慢できなかった。私は夫の頬を思い切り叩いた。私の不意を突いた抵抗に怯んだ夫は、何かを言おうとしたが、呂律が回らずにいた。

そして、びっくりした顔で、叩かれた右頬を押さえながら、琴に馬乗りになっていた。激高した私は息も途切れ途切れに、夫に向かって毒舌の限りを吐いた。興奮した口から、なおも毒舌を吐いた。

今更故郷にも帰れず、旅館へでも泊まろうか。肩身は狭くとも、一夜の宿だけでも妹宅で過ごさせてもらおう。

そう決め、妹宅を訪ねたころ、すでに午後十時を過ぎていた。

その数日後、酒乱の夫に愛想が尽きた子どもたちは一言も口答えしなくなっていた。

「お母さんは、お父さんに甘すぎるのだわ。どんどんひっぱたいて、お父さんの精神を叩き直してあげればいいのだわ」

思いもよらない夫の片腕が私の髪に触れた。その瞬間、長い年月忘れていた女の「性」が肉体に蘇った。夫の抱擁で、夫婦愛が戻るのだろうか。夫の愛を感じながらも、心の中に本当の愛はわき起こってこなかった。

夫には嘘の愛を捧げながら、夫の肉体を嫌っていた。

（あなたの心には先妻への思慕がはっきり出ています。私の胸にも、過去の日の思い出が残っています。一度は忘れようと野々原弘子になりましたが、思い出は消えません。あなたはこの思い出を消すほど私を愛してくれませんでした。偽りの愛と知りながら、どちらからも言い出せない夫婦です）

再び夫の外泊が続いた。帰宅して三日目の夜遅く、物音を立てずに夫は帰宅した。怒りがこみ上げてきた。しかし、やはり何も言えなかった。

夫は私の姿を見てびっくりし、酒くさい息を吐きながら「工員たちと飲みに行ってしまった」と気まずそうに話した。しかし、腹立たしい気持ちを抑え込んだ。翌朝、夫を送り出した後、夫の下着に不信感を持った。私が買って与えた下着とは違う、目新しい下着だった。

義母の死は刻々と近づいていることは分かっていた。が、まだ数ヶ月はもっと期待感を持っていた。苦しみ、耐えるのは見るに忍びないが、生きながらえてほしいと願わずにいられなかった。野々原家の父と母を亡くしたら、私の立場はどうなるのだろうと気になる。

義母が他界すると、身の回りは急に動き出した。雑用もさることながら、今まで、ほとんど顔を合わせたこともない夫の親族が入れ変わり、出入りするようになった。十日間も滞在していた人もいたが、一人、二人と去っていった。

ついに、野々原家から旅立つ日がやって来た。妻という実感を知らぬまま、終わりを迎えたのだ。夫の本心を知った以上、ここにとどまることを許されなかった。独身の湖月弘子となる気持ちが芽生えた。

大三は正式離婚した先妻の今日子さんを愛し、その愛に生きる人生だった。法律上は別れた夫婦であっても、充実した結婚生活が、この二人には正妻より以上に価値あるものになっていたのだ。今まで、大三を心から愛せなかった理由がはっきり分かった。

これまで胸に秘めていた大三に対する気持ちが一気に爆発した。大三は他の女性を愛することができても、正妻の私を愛せなかった。

大三に対する気持ちが何となく理解できるだけに、離婚してもなお愛されている今日子さんの胸の苦しさを想像していた。

私の持ち物はほとんどなく、ゼロからの出発だった。財産となるものは琴の「教授資格」だけだった。もしこの教授資格がなかったら、私は生きる術を持たなかった。人並みの恋をしていれば、このようなことは考えなかっただろう。

弁膜症だったが故に、生きる道として教授資格を取らせてくれた。ただ、それだけの運命だったのだろう。

明日には、野々原弘子から湖月弘子となっている。数時間だけがこの子たちの母親なのだ。それを思うと胸が締め付けられる思いだった。

そして一人二人と別れの言葉をかけねばと思いながら、やはり、伝えることはできなかった。

独身の湖月弘子になって振り返りみると、苦しかったはずの野々原家の日々の中にも、温みある家庭生活のひとこまが走馬灯のように蘇った。

第5章　苦悩

「弘ちゃん。お琴の教室を開き、お弟子さんを取ってみてはどうかしら。そうすれば生活の励みにもなるし、嫁入り道具も得られる。一石二鳥じゃないかしら」

何とも答えにくかった。

「男の子が琴を習うのはおかしくないかしら。でもお琴を習えば、少しはおとなしくなるかもしれませんわね」

「男の子は、利かん坊ぐらいでないとだめよ」

別にとりわけお世辞を言うつもりではなかった。

「私、男の子なんかいらないと思ってたのに、よりによって、二人とも男の子ですもの」

少々不服そうに夫を見る妹の目と夫の目が合うと、肩をすくめて静かに笑う妹に、弘子は、締め付けられる思いがした。

「後悔はしない」

己に言い聞かせていた。しかし、今後の生活は結婚以前よりも不安感が強かった。

妹にせがまれて琴を弾いたものの、音色に張りがなかった。

「何と素晴らしい音色でしょう。私もあの時、弘ちゃんと一緒にお稽古しておけば良かった」

感嘆の声を上げる妹に、苦笑いをした。

弾き終えた時、父母が待つ故郷に帰ろうと考えていた。下の子が不思議そうな表情で話しかけた。

「ママ、犬を抱っこした見知らぬお姉ちゃんがじっと門の外からこっちをみて立っているよ」

その瞬間もしかして、しのか鈴子さんではとの第六感が働いた。

「しのちゃんだったらどうしますか」

そう言う妹の表情に、かすかな戸惑いの表情が見て取れた。

「コロチンを届けに来ました。お母さんがいなくなってから、コロチンは鳴き通しです。いいえ、それだけじゃありません。お父さんは『捨ててしまえ』と言いながら、食事も与えない。コロチンにはお母さんが必要なのです。しのはお父さんとお母さんの関係を知っています。しのも、野々原にいることは耐えられません。若奈さんのお母さんとの生活はしのには嫌です。お母さん、しのと一緒にアパートで生活しましょう。しのは大学を辞めて働きます。お母さんの慰謝料もしのが請求します」

しのの目には涙はなく、怒りと新生活への期待が入り交じっていた。

「お母さんはお父さんを恨んではいません。嘘ではありません。野々原家に喜んで迎えてくれたと早合点していました。確かに、両親は私が稼ぐことを心から喜んでいた。お父さんと今日子さんとの離婚の真相を確かめずに嫁いでしまった。今日子さんとの関係を知った時、野々原家を出る決心をしました。しのちゃんは間もなく、お嫁入りしなければならなくなるでしょう。私たち夫婦の関係を参考にして、幸福になってください。今、私が言えることはそれだけです」

玄関先に置かれたコロチンは私を呼んでいた。鳴き声を上げるコロチンに走り寄り、全身を軽くなでていた。

「田舎に帰りましょうか。田舎には心から愛してくれる私の父母やコロチンのお友達になれる二匹の愛犬がいるわよ。田舎の空気はとても美味しいし、自然の中で遊べるわよ。都会育ちのコロチンには退屈してしまうかもしれないけど、元気になれるわよ」

――お母さん、寂しかった。

泣き声とともに体をすり寄せ、盛んに尾っぽを振っていた。コロチンの頭をさすり、耳の下をかいてやると私を見上げて喜び、沈みがちな気持ちを励ましてくれた。

コロチンは、十条工場で働いていた木之青年が語ってくれた思い出につながる子犬だった。川口工場が危機に陥っていた時で、十条工場の片隅に捨てられていた子犬がコロチンだった。

拾ってみたものの夫は大の犬嫌いで、犬も夫を嫌い、大三のいる間はいくら呼んでも近づこうとしなかった。

コロチンと私の人生が重なりあうようで、共感を覚えた。芸もよく覚え、その姿に笑いがこみ上げてきた。

そんな楽しみの生活は長続きしなかった。酒乱気味で帰宅する夫が私を打ったように、秋田県の雑種らしいコロチンの黒い鼻先を大三が引っ掻いては赤い血を流させる残酷ぶりだった。

そんなある日、大三に噛みついたことがあった。大三に死ぬほど叩かれて、ぐったりして身動きしない日があった。夫に内緒で動物病院に連れて行ったこともあった。

妹の存在も忘れ、弘子としのの会話は続いた。

「弘ちゃん、今日も言ったように、このお金を使って生活しなさい。そうすれば、しのちゃんだって安心して通学できますよ」

しのの意見を求める妹だった。

何と優しい妹夫婦なのであろう。手広く商売している長男の嫁として稼ぐ時、あれほど拒んでいた妹とは思えぬ幸福さであった。しのを説得し帰した夕刻、明日故郷へ帰ることを告げた時だった。

「義姉さん、万事うまくいきそうです。今では古家となってしまった妹の家を他人に貸してあるのでそこを開放していただくように父母に話してきました。父母は賛成、妹へは昨夜電話を入れて理解してくれました。いつ東京へ戻れるの分からないので、空き家にしておくわけにもいかなかったのです。ですから、気にしないで入ってください。ただ妹の子どもたちが大学進学でお世話になるようになるかもしれません。しかし、十数年先のことですから、安心して生活してください」

この一言は私の全ての見えを捨てさせ、嬉しさのあまり涙があてもなくあふれた。一応生活のめどもつき、翌日の昼に父母の待つ故郷に「湖月弘子」となって向かった。

帰省して間もなく、「スグカエレ」のハガキを受け取り、三日後に故郷を後にした。ブロック塀で巡らされた小宅には、わずかながら草木が植えられ、冬の眠りについていた。

師走の慌ただしい夕刻、わずかな身の回り品と琴を抱えたしのが、車で現れた。

大三の工場で働いている春名君も一緒だった。

「奥さん、いや湖月さん、何と呼んでいいのかなあ」

困惑した春名君だった。

「元気な姿を拝見して安心しました。秋には僕、結婚することになりました。いずれ寮は出なければなりません。この際、思い切って妹の鈴子を引き取ろうと思ったのです」

「野々原を出た時、私が一番気になっていたのは鈴子さんのことでした。大三は私をぶっても、鈴子さんは我が子のように可愛がり、決して手放そうとはしない人でした。でも鈴子さんの立場は鈴子さんでなくては理解できない苦しいことがあることは分かっています。このため、来春早々に鈴子さんをこの家に引き取るつもりでした。私のお節介が逆に、鈴子さんに迷惑をかけることになってしまい申し訳なく思っています」

鈴子さんに詫びるつもりで兄の彼に軽く一礼した。

「いいえ、とんでもありません。妹は幸福者、運のいい奴なんですよ。湖月さんの援助がなくては、今の鈴子はいませんでした。むしろこちらからお礼を言わなくてはなりません。ところで、鈴子とは関係ない僕の挙式ですが、きっと出席していただけますよね。他の人は誰一人来なくても湖月さんだけには僕の誇れる姿をみていただきたいのです」

それだけ言うと、あどけない春名君となり、耳たぶまで赤く染めていた。

そして思い切った口調で話した。

「彼女は僕より三つ年上の姉さんなんです。でも、年齢よりはるかに若く見えるのです。彼女もすごく苦労したらしいのです。胃の病気が婚期を逃したようです。僕の結婚条件は健康な人でした。でも、僕は心の温かい彼女に魅力を感じ、結婚を決めました。亡くなった母も彼女なら喜んでくれると思っています」

微笑する中にも、真剣な眼差しで語る彼であった。

「おめでとう。春名君のお嫁さんになる方は幸福をつかめる人です。亡くなられたお母さんもどんなに喜んでいらっしゃることか」

鈴子さんはそのまま野々原の名字を引き続き使うことにした。年が明けた一月、ようやく落ち着きを取り戻し、しのと二人のささやかながらも新生活がスタートした。琴「琴教授」の看板を掲げて十日後には、近所の可愛い子どもたちが稽古に姿を見せた。琴に生きる喜びを再び見いだした私は、離婚したという寂しさは消え去っていた。

しかし、幸せな時間はそう長くは続かなかった。過去の苦しかったことを思い出す出来事が重なった。

ある日、今日子が訪ねてきたのだ。

「夫への愛、子どもへの愛を貫こうと思ったが、限界がありました。そして、野々原家を出ました。義母は私を下品だといっては実家の人間として歓迎はしてくれませんでした。田舎から出て来る妹弟たちにも、義母は厳しく当たりました。実家の人間も近寄らなくなりました。大三もこのことはよく知っております。当時のお手伝いさんでさえも嫁である私を見下す態度でした。双子を産んだ時、義母は激しく皮肉を言っていました。あの日の義母の表情は彼女が死んだ今も忘れることはできません。二人の子どもは連れ出すつもりでした。それも許してはくれませんでした。かえって子どもたちにとって幸福だったと思ってます。弘子さんに私の気持ちなんか分かっていただけないでしょう。いいえ、野々原家から追い出し、妻の座に戻った私を、どんなに憎悪なさっておられるか、お許しください」

　訴える今日子夫人に同情的な涙を流すのはやめ、夫人の話に耳を傾けた。

「貧乏生活で通した私には驚きの生活でした。戸籍上は離婚となった夫婦でも、私たちの間を引き離すものは法律だけでした。大三なしでの生活はやはり考えられませんでした。愛してくれることを信じて疑いませんでした。お義父さんが亡くなられた時、初めて弘子さんと結婚していることを知ったのです。まさか、弘子さんとは思いもよらず、夫を恨み、弘子さんを憎しみ、本気で死を選ぼうと考えました。しかし、弘子さんを恨んでも弘子さんに大三を取り返されるということに気がついた時、私は大三の子を身ごもりました」

　さらに、言葉をつないだ。

「子どもを産まない弘子さんに勝てると思い子どもを産みました。若奈、花美を産んだあの日よりも感激しました。弘子さんを愛していない夫は毎晩のように来てくれましたし、正妻でなくとも、とても幸福だと思ってました。でもやはり愛を信じながらも、正妻でない不安感から弘子さんへの嫉妬心はさらに強まりました。恥ずかしい話ですが再び妻の座に座れるという喜びがありました。特に知博は口を利いてはくれませんでした。そして弘子さんは私が原因で家を出たことを知博から聞かされました。それが昨夜のことです。

それまでほとんど口も利かなかった知博が初めて、口にしたのです。

『僕は、お父さんを許せないし、再び妻の座に戻るために弘子さんを追い出した母さんも許せない。僕と、しのお姉ちゃんはお母さんと慕っているお母さん以外お母さんとは呼ばない』

思い切って弘子さんとの経緯を問いただしたところ、夫は泣きながら謝りました。

俺はお前を愛していた。両親がいなくなったので弘子に家を出てもらった。弘子を愛し、弘子も俺を愛してくれたならそうはならなかった。弘子が勝手にこの家を出たのだ、と」

こう言い訳を語った。

「でも私は今日限り、野々原家を出ることを心に決め、最後のお詫びに伺ったのです。恥も外聞もなく、弘子さんに真実を知っていただくために仕方なかったのです。このような言い訳を軽蔑するかもしれませんが、少しでも理解していただけたら幾分なりとも心が晴れます」

「今日子さんの気が晴れるかどうかは、私には何も関係ないことです。でも野々原家を出る時も、現在の生活においても、何とも思っておりません。それなのになぜ、あえて別れた現在に至ってもいちいち私に報告しなければならないか分かりません。大三を心から愛していたら、あなたと夫との間にどのような関係があっても野々原家を出ることはなかったと思います。今恨みはなく、本来の生活に戻れたことに喜びを見い出しているくらいです」

気持ちはさらに高ぶり、話を続けた。

「今日子さんは野々原家を出られることにより、私への責任を取ろうとなさっておられるようですが、それが私に何の関係があるのでしょうか。それだけ責任を感じていられるのなら、野々原家に止まってあの子たちを愛してあげてほしいです。今の私には、それだけが唯一の願いです。野々原家にお帰りになってください」

懇願とも思える気持ちから、話は続き、こう語った。

「しのちゃんは、いずれ家にお返しに上がります。あの子の将来には、両親が必要なのです。しののためにも籍はそのまま野々原家へ置いておいてください。勝手な言い分かもしれませんが、私の母親の情愛を許してください。知ちゃん、若奈ちゃんに今、必要なのは母親の愛情です。知博は難しい年齢なのです。今日子さん、あなたに私の気持ちを分かっていただけないかしら。お願いです。今すぐお帰りになって、あの子たちを守ってあげてください。それが私への責任を果たしてくださることだと思います。野々原家の母親となられた今日子さんに、私からのお願いですの。鈴子さんは、近いうちに引き取ります。お願いします。私もあの子を愛しています。ですから帰ってください」

今日子夫人は泣き腫らした蒼白い肌に再び涙を流し、何度もお礼を述べて野々原家に帰っていった。

もう憎悪も、何もない晴れやかな心情で、その夫人の立ち去るのを見送っていた。

この母のどこをもって、責め立てることができるというのだろうか。この母が四人の子を置いてまで、なぜ野々原家を出なければならなかったのか?

その原因も突き止めずに嫁いだ自分の軽はずみを、この夫人に繰り返し見せつけられたようにさえ思った。

しのは、大学一年が終わる三月初旬、「就職したい」と言い出した。商事会社に就職することがすでに決まっていることを知らされ、驚いた。

しかし彼女は、少なくとも、湖月弘子や今日子夫人の歩んだ人生とは異なる「真の幸福」をつかみたいとの思いが強かった。

「私は大学進学してこのまま卒業しようと思っていました。ところが、考えが変わりました。女だから、遅かれ早かれ必ずお嫁にいきます。学問を通じて、幅広い教養や知識を得るために私は進学しました。ところが、現実にはお嫁にゆく時のアクセサリーだということに気がつきました。英会話だけは、働きながら勉強したいと思ってます。お母さん、独断で判断してしまいごめんなさい」

口元には微笑みが優しくこぼれ、赤い口唇をきゅっと閉じた。

「しのちゃんの好きなようにしなさい。でも、野々原のご両親は許さないかもしれませんよ。せっかくお父さんの夢をかなえた大学ですもの」

反対する理由は、私にはまったくなく、彼女の意志に任せた。けれども内心では、やはり大学を卒業してほしい気持ちが強かった。

しかし、私には娘の決断をひっくり返してまで親の考えを押しつける気にはなれなかった。しのの報告とともに、学費援助を断り、さらに鈴子さんを引き取る手紙を、今日子夫人宛てに出した。

六日後、しの宛てで大三からの手紙を受け取った。

「すぐ帰るように」

との内容だったが、しのは笑うだけで返事をしなかった。それから二日後に鈴子さんが春名君と共に訪れ「四月から寄宿生活となる」と告げてきた。

半年近くも会わずにいた鈴子さんは、美しい娘に成長し田舎での面影は消えていた。都会的センスを身につけていた。上京したあの日も雪国女性の美しい肌は人目を引くものがあった。

しかし、しのの都会的美しさに隠れ、目立つほど洗練されたものではなかった。

あれから六年の歳月が流れ、鈴子さんは、しのをしのぐ美しい清純さによって白衣を身につけるのに相応しい女性となっていた。しのの成熟した美しさとは、まったく対照的だった。

しのには、女性特有の、男心をとらえる魅力が自然に備わり、私にとってそれがむしろ怖いくらいだった。魅力ある女性とは意識しない中にも、自然と作られてゆくものであることを、二人の美しさの違いから発見した。

そして、私の娘時代のような人生を歩むのではないかというためらいを、鈴子さんの汚れなき肌から感じたのである。しのの女を意識させる魅力よりも、清純美に輝く鈴子さんの方が、素直に愛せるように思えた。

春名兄妹はまったく血のつながりを持たぬ戸籍上の兄妹だったが、異なるものを強いてあげるならば、一重瞼の鈴子さん、二重瞼の春名君、その生まれつき持つ瞼の違いくらいだった。

笑顔の鈴子さんは私にこう語りかけた。

「小母さんのお元気なお姿を拝見できて、鈴子はとても嬉しいです」

両目から、しずくのような涙を流していた。

「ありがとう。鈴ちゃんも元気ね。本当に安心しましたわ」

もらい泣きをして、声を詰まらせた。

「しのも夕方には帰ります。ゆっくりなさっていってくださいね。あの娘も社会人一年生となり、ぐっと女性らしくなってしまいましてね。男性を悩ますのじゃないかって、私の方が心配してますのよ」

冗談混じりで言い終えた時、噂の主・しのが駆け込んできた。

「しばらくね。鈴ちゃんに会いたくて仕方がなかったの」

抱きつく鈴子さんはお互いに涙を流しあい、笑いあった。美しい姉妹愛とさえ思えた。

「あら、あら、私って、戸も閉めずに上がってしまったのね」

まだ感動が覚めやらぬ涙声でそれだけ言うと、照れ笑いをして、私の方をちらっと見ながら、素早く玄関先へ駆け、そして引き返すしのだった。

春名君と私の二人は無視された存在で、話しあう二人の視線からは、まったく外されていたのである。それでも、彼女たちの微笑ましい姿に出会い、春名君と私の心も、満足感を得た。

落ち着きを取り戻したしのを見て、春名君に「お仕事どうなさったの」とだけ尋ねた。

「嫌だなあ、土曜日を忘れちゃうなんて。働く者にとってもっとも楽しむ日ですのに」

相変わらず、半年間の思い出話に夢中になる二人だった。

四人での軽い食事を済ませ、「近日中に改めてもう一度伺います」

こう挨拶して、一人で帰る春名君を玄関で見送った。彼の後ろ姿は印象深く、立派な青年になっていた。

その夜、話に夢中になる彼女たちの会話に子どもっぽさはなく、恋する女、さらには本来の生活に夢が花開く女性となっていた。

「しのちゃん、社会人一年生としての感想はいかがですか」と鈴子さんが言った。

時折爆笑しあう彼女たちに、さも気が散るという仕種のコロチンは、自分の存在を知らせるべく、ワン、ワン鳴き声を張り上げていた。しかし話に夢中の二人の耳元には届かぬらしく、おせんべいを頬張りながら、相変わらず笑いあっていた。

犬のコロチンはお菓子の要求をする駄々っ子のように、続けざまに、ワンワン吠えていた。

それでも効き目なし。ついに我慢ならないとばかりに座敷へ上り、彼女たちの耳元で、ワンワン。さすがの二人も驚き、丸い目を見あわせた。しのがコロチンを叱る。

勝ち誇ったようなコロチンもしのの一言で小さくなり、すごすご尻尾を巻いて座敷をおりていった。

そしてすぐ「ワン、ワン」と、自分の存在を知らせ、鈴子さんからのおせんべいを満足そうに飲み込んでいた。

「コロチンは、すぐ飲み込んでしまうのですもの、だめでしょう」

しのの叱りを受けても感じないように、ワン、ワンと再びおねだりを始めていた。

頭を並べ寝床の段になって初めて、私の存在に気づいたかのように、しのの視線がまともにあてられたのである。

いよいよ実習に入るという鈴子さんは、翌日の夕刻には病院の寄宿舎へ帰っていった。

一汗の蓄積で得た初任給を封じたまま私に手渡す彼女は、金銭のありがたさを今、身を持って痛感している様子だった。

「お母さん、先月分のお小遣いの残りで、プレゼントを買ってきましたのよ」

小箱の贈り物を私の手の平に載せ、にっこり笑顔を見せるしのであった。

聞く楽しみもさることながら、彼女自身の力で得た価値高いお金に、二人共に喜びあえる幸福に感謝し、給料袋をも半分ずつ開き見たのである。

その後、しのの見守る前で見たプレゼントは、何と琴の爪であった。

新調しなければならぬと思っていた矢先だけに、この真心こもった品は、何ものにもまして、高価な尊い贈り物であり、子を持つ母の幸福を今、味わえたのである。

その週の土曜日四人揃って外食となっていたのであるが、どうしたわけか知博は現れなかった。

「知ちゃんにあれほど念を押しましたのに、どうなさったのかしら」

気遣う鈴子さんは、野々原家へ電話を入れた。

「これから来るのですね」

留守を知らされた鈴子さんは、望みを託し待っていた。しかし、ついにその夜知博の姿は見なかった。

翌朝再び鈴子さんは電話を入れてみたが、やはり留守だったらしく、力なく受話器を置いた。

「小母さん、お家にいらしたのです。それなのにどうして居留守を使ったのかしら」

納得いかないという表情の彼女の顔に、珍しく怒りが走っていた。なぜ知博が来なかったのか、私にはよく分かっていた。

野々原家を出る時、彼の言ったあの日の言葉は、本人の彼同様、私の胸にも忘れ去ることはなく生きていた。

「この家を出られたお母さんは絶対僕のお母さんじゃないし、会うことなんかもちろんしない」

こういう別れの言葉であった。

知博を除いた三人で近くの食堂で食事を済ませそして一日が終わっていった。

その年の十一月は春名君の挙式に臨みたいと思いながらも、大三との気まずい対面を避けるため、心残りながらも、辞退したのであった。

それでも挙式後新妻をめとった春名君が、「僕の誇れる妻」の峰子夫人と同伴で見えた時は、さすがに嬉しさのあまり祝福の言葉も出ない感激であった。

その年は、平凡ながら楽しい落ち着ける生活をすることができたのである。幾年ぶりかでの、自己本来の生活を味わったような満足感であった。

年が明けた三月、知博はその年、国立、私立ともに目指す大学は失敗、第二志望校の合格通知を受け取りながらも見向きもせず、来年目指して浪人、予備校生の身となったのである。

それは野々原家のそれぞれの胸中にも、重荷となった。

鈴子さんからの又聞きによれば、知博がもっとも好きな絵の道への進学は、大三が許さなかった。

好きな道へ進ませてあげれば良いのにと、地団駄をふみ哀しんでみても、所詮どうなるわけでもなかった。

あの子の道にもう少し共感し、野々原家へとどまっていれば良かったと、野々原家を出て始めて後悔した。そして知博を思う上に愛の涙が流れた。

その年の四月、看護師国家試験に合格した鈴子さんは、引き続き寮生活となった。

その報告方々お礼に行った野々原家で、当然知博とも出会ったのである。それは五月十三日の夕刻であった。

その夕刻鈴子さんが野々原家を後にしての一時間後、想像を絶する恐るべき犯罪が、もっともおとなしかった知博の逆上によって、起こったのである。

事件の真相は、ほんのつまらぬとも言えそうな、ささいな大三の一言から火を吐いたのである。野々原家での夕食時であった。

「知博、お前の妻にする女は、両親のしっかりした家庭の娘でなければならぬぞ。今のお前には、学問という職業がある。かりそめにも、鈴子さんを好きだなん言ってはならぬぞ。まず、東都大に合格してもらわねばならない」

親が子を思う何でもない一言であったかもしれぬ。けれどもこの一言が、本人の知博にとっては、救いようのない哀しみとなり、同時に十八年間の鬱積が、ついに爆発するに至ったのである。

逆上した彼は無意識に台所の包丁をひったくると、一気に父親を刺し、さらに止めようとした母、今日子夫人をも刺し、車で、野々原家を飛び出した。

あまりの突然の出来事に、お手伝いさんは、ただ茫然と佇むばかりであったが、若奈の泣き声に我に返り、救急車へ連絡したころには、夫婦折り重なって倒れていたとのことであった。

手術によって一命をとりとめた大三ではあったが、重体。さらには死の危険にもさらされていたのである。

今日子夫人は軽傷とかであったのが、不幸中の幸いであった。しかし事故はそれだけでは済まなかった。

怒り狂った彼は車を飛ばし、途中鈴子さんに電話を入れたのである。彼からの電話を切って、すぐ掛け直したらしい鈴子さんは、震える声で語った。

「知ちゃんが大変、お父さんを刺し、車で逃げちゃった。知ちゃんと会うことになっています。詳しくはお会いしてから、小母さん、おっかけ鈴子の近くまでいらしてください」

かいつまんだ要件を告げると電話は切られていた。

落ちあう場所に、知博の姿はなく、鈴子さん一人が佇んでいたのである。

すき透る蒼白い肌、そして可愛い唇も恐ろしさに強張り、震わせ、近づく私に、「知ちゃんが来ないのです」と、すすり泣く彼女を励ましながらも、私自身も心配していた。しかし、今はこうして泣いている時ではなかった。心中では、もしこのまま永遠に人の手から逃れきれるものなら、知博よ逃れなさい。しかしそれは不可能に過ぎなかった。やはり自身で自首してくれる彼を願い、近くの交番を訪れ、再び気も動転する事実を知らなければならなかった。

千メートル先の外路樹に車ごと体あたりし、人をも撥ねたということであった。彼の病院に向かう途中、野々原家へ電話を入れてみたが、呼び出しベルが鳴るだけで、応答はなかった。野々原家の乱れた様子が忍ばれた。

面会を許され知博の眠る姿を目前にしても、二年前の彼しか知らぬ私は、まったく別人とも思える変わり方をしている知博に、自身の目を疑い、そして見張った。事故のため、やや蒼白くなった肌にも、もはや子ども時代の清らかな美しさは消え、父親ゆずりの黒い濃いひげが、男性の象徴のようにわずかに伸びていた。

眠る知博に、心の私が叫んでいた。

（お前、お前はこのまま死ぬ、その方がお前自身を幸福にする唯一の道なのだ。生の道が与えられたところで、不幸が待っているだけなのだよ、知博）

病院の彼はもはや殺人未遂犯として、警察の手が回っている。

いちずな愛に、ついに生涯をかけ、そのたった一度が、彼の一生を終えたも同然、生きる上の道として、何も救うものはなかった。

逃げ切れなかった知博、彼の人生は永遠に逃げ切れぬ前に不具者であり、社会という籠の鳥であった。

眠り続ける知博を鈴子さんに預け、その足で野々原の両親の病院を訪れてみた。

手術を終えたばかりの大三の病室には、面会謝絶の札がかけられ、会わずに済めたことに、むしろ安堵した。

その帰りがけ今日子夫人の病室へ寄ってみたが、興奮に身を震わせ、まだ覚めやらぬ怒りが、ふっくらとした彼女を一変させ、私さえも眼中にないかのように目を閉じ、開こうとはしなかった。

「改めて参ります」

この一言を残し立ち去った。何ということだろう。何もかもが、恐怖におののいている。

あの一瞬の出来事が、全てを狂わせ、不幸のどん底に陥れてしまったのだ。

その夜鈴子さんと交代で知博の看病にあたった。ほとんど素人の私は、役立つこともなく、鈴子さんは看護師として、私を勇気づける励まし役となっていた。

時折開く知博の瞳には、何も映らぬかのように、すぐ閉じ、まったく何の意志表示も見せなかった。

ようやく白みかけた東の空に、夜明けを知った時、突然、「痛い」という知博のうめき声を耳にした。瞬時、「知ちゃん」と確かめるようなかすかな声で鈴子さんが声をかけた。瞼が開かれているかどうかは、まだ暗い病室からは確かめることは不可能であった。無意識に叫んだのが、鈴子さんへの応答は何もなく、また元の静けさに戻っていた。

やがて輝く太陽が東に昇り、眠る知博の表情もはっきりととらえられるほどの明るさとなった。相変わらず目を閉じ、うとうと寝ている様子であった。

それから物の数分もしないうちにぱっちり両眼を開き、すぐ閉じた。そして眩しそうな眉を寄せ、再び静かに見開き、私を凝視した。

すでに彼の瞳には涙があふれていた。「お母さん」かすかな口ごもり方であった。

犯人知博にするのには、あまりにも清らかな瞳が、気高く涙の中に輝いていたのである。

(この子は生きなければならぬ宿命が与えられたのだ)

つい昨夜まで、死の道を選ぶことを願っていた自分自身を恥じ、知博とともに生きねばならぬ運命に新たなる涙がいっそう私を泣かせ、運命が生かしてくれた知博に強い一つの決心を抱いたのであった。

眠りにある知博の表情は、一人の青年となって映されていた。しかし、今見開かれた彼を見た瞬間、あの日、あの時と変わらぬ、あどけない子どもっぽさが残っていた。まだ、大人になりきれぬ、幼さが垣間見えた。

四日目の夕刻にはそこを立ち去らなければならなかった。

罪の子と言う犯人が故に、強制別離とさせられたのである。

後ろ髪を引かれる思いで二人は病室を後にした。二、三歩進んでは振り返り見る鈴子さん。病室の窓から、知博の姿を見つけるのが不可能であることを認識しながらも、彼女の病む胸には、唯一の慰めであったのである。

彼女の歩調に合わせるべく最大限に歩幅を緩めてみても、いつしか彼女の足音は私の背後から重苦しい足音となってしまうのであった。珍しく夕霧のたちこめる街に出ても、鈴子さんは幾度となく振り返り見ていた。

その夜は互いに一言の会話もなく、黙々と床に着き、吐息をつくだけで、夜明けを迎えてしまっていたのである。後はお手伝いさんから知博の犯行動機となったであろう一部始終を聞き終えた時、その心に一大決心が下されていた。

野々原家から、湖月弘子の養子、湖月知博とすべく決心であった。

たとえ判決がどのようなものであっても、知博の帰るところは、野々原家であってはならぬという重大さに気づいた。

犯行動機を私なりに要約するならば、鬱積から逆上した瞬時の彼の発火点とさえ思えた。鈴子さんと再会した野々原家で、知博から常日頃の恋情をそれとなく知らせる一言が口から出た。

「僕が大学を卒業するまで、お嫁にゆかずに待っていてくれ」

一見プロポーズとも言いがたい、知博の勇気ある告白であった。たまたま大人という偽善者の母親が聞きつけ、大三に話したのだった。

鈴子さんの帰った後の夕食時、父親大三が、何気なく注意したであろう一言は、浪人の身の彼にとって、また彼女を心から愛す彼にとっては中傷の何ものでもなかったのである。けれども逆上する理由は、ただそれだけではなかった。今日子夫人への怒りが、大三の一言にからんで、若い彼をことごとく激情させたのである。哀しむ今、終末となったのである。

今更ではあるが、大三が野々原家への養子へ入り、さらには今日子夫人をめとる日の母の反対をわずかながら心にとめていたのなら、知博の悲劇は永遠に起こらずに済んだであろう。

自分の過去も忘れ去り、再び自身が、かつてされたように、子どものように澄み、完全無欠なるものを求める。そこに忘れ去られた親バカ大三の姿があったのである。

しかしながら、一度でも母親となった私には、父親大三の一言は、ただの親バカと笑い済ませられぬ。その心のひっかかりがいっそう、哀しいものと自覚した。大三を攻める心づもりは、正直なところ、それほどなかったのである。親子という見解の相違が生んだ悲劇的一幕であったのだ。

私はそれから一ヶ月間というもの、知博、野々原家の夫婦への見舞いにせっせと通い続けたのである。

野々原家の悲劇を起こさせた罪ほろぼしの女として、せめてもの償いであった。

大三のその後の経過はすこぶる順調とかで、再会を拒否し憎悪を持って私に接していた大三も、回復に向かうころには恐縮の意志表示をみせるようになってきたのであった。

野々原家を出る時、永遠に私の瞼に残らぬ大三と信じ切っていた。愛する知博が今後幸福を築いていくために、もっとも嫌った大三の病床へ、毎日通った。

知博の入院が二ヶ月もするころには、包帯もとれ徐々に明るさが取り戻され始めていた。そしていよいよ退院、彼の身柄は警察の手中に引き渡されることになった。病院での最後の日、鈴子さんと、しの、私の三人で訪ねてみた。物思いにふける彼は私たちのノックにも気づかずいた。すすり泣き、床に伏せる痛々しい姿をみせていた。

自分の犯した罪の恐ろしさに今さめざめと泣く彼、しかし何の慰めも無意味なのである。

三人の誰の口からも、慰めの一言は、容易には出ず、涙、涙、涙が、病室にこぼれる無言の語らいとなっていた。

いよいよ面会時間切れの間近となった時、知博に一歩進み出る鈴子さんは、静かな、それでいてしっかりした堅い口調で、はっきり言った。

「知ちゃんがおつとめを終えて帰られる日まで、鈴子は待っています。何年でも、いいえ、一日でも早いお帰りであることを信じています。二人で約束しあったことは、知ちゃんを忘れないように、鈴子の心に生き続けていますし、知ちゃんの変わらぬ愛を信じて、帰りを待ちます。きっと、きっと帰ってくると約束をしてください」

差し出す彼女の小指は震え、知博のベッドの上に置かれた。間髪を容れず知博の右手が無言で彼女の手を払い一気に布団に潜りそして叫んだ。

「僕は、僕は、鈴ちゃんも誰も愛してなんかいないさ。あんな約束なんか、全部でたらめさ。僕は女の子にもてなかったから。ただ鈴ちゃんをからかってみただけ。そんな約束なんか、なんだって言うんだ。鈴ちゃんなんか、愛してないさ。愛してないさ」

忍び泣く彼の全身の震えが布団に伝わってきた。

愛してない、という言葉を印象づけるように、何回もすすり泣きながら言っていたのである。それでも鈴子さんは取り乱すことなく語った。

「ええ、知ちゃんが私を愛してくださらなくとも、私には、知ちゃんが必要で、ただそれを望んで待つだけなのですもの。おつとめを終えて帰られた時にも、まだ私を愛してくださっていなかったなら、その時は知ちゃんの愛する人へお渡しすれば良いのでしょう。愛する人の帰られる日を待つことだけで、鈴子には幸福なのです。知ちゃんが帰られた後、たとえ別離であっても、鈴子は哀しまないでいられると思いますの」

唇はぎゅっと固く締められ、両頬伝いに流される涙のしずくが彼女の手の上に落ちていった。

別れの時が刻一刻迫り、私は忍び泣く知博の布団に手を載せた。

「知ちゃん、お別れの時間が迫っています。お願い顔を出し、お母さんに見せて頂戴」

布団を静かにめくり哀願する私の声に促されるように、知博はおずおず布団から顔を出し私を見つめた。布団には、すでに涙の拭かれた後の黒いしみがつけられていた。

「さあ、知ちゃん体を起こして、お母さんの目を、よくみて絶対離さず答えるのですよ、分かったわね」

知博は私に向けられた視線を離さず無表情で身を起こすと、なおもじっと私の瞳を見つめ、私からの続く言葉を待っていた。

犯人にするには、あまりにも澄んだ子どもの瞳が罪を知らぬような静かさでとどめられていた。その瞳をまじまじと見つめた。

「知ちゃんは子どもの時からお母さんにだけは絶対嘘を言わない正直な子でしたわね。お母さんは知ちゃんとのこと、みんな覚えていますよ。分かったわね。お母さんだけ、お母さんだけに答えてくれればいいの。知ちゃんの今後の生活に連なるもっとも大切なお母さん一人の考えを今、知ちゃんに打ち明けるのよ。だから真剣に聞いて。答えて頂戴ね。知ちゃんは今日からお母さん、つまり湖月弘子の養子となり、籍を入れる。このお母さんの生涯において、たった一人湖月知博という愛すべき子どもができる。その愛すべき子、知博の帰りを、首を長くして待っている母、湖月弘子なの。お願い。早く帰ってくださいね。これはお母さん一人の考え、知ちゃんの返事を聞かせてほしいの。お母さん知ちゃんに振られる覚悟で告白しちゃったのよ」

「お母さん、僕は、僕は、お母さん、お母さんが恋しかった。本当のお母さんが。きっと、きっと愛するお母さんの待つ家へ帰ります、お母さん」

泣きつく知博を、私は細身の全身で受け止め、しっかり抱きしめた。

「分かったわ。知ちゃん」

それだけ言うのがやっとであった。

湖月弘子に黙従した彼の瞳からあふれ出る涙は、言葉以上の同意をはっきり現し見せてくれた。

面会時間切れとなり、私たちは病院を出た。振り返り見る病室の窓から右手をふる知博に、三人は幾度も、幾度も手を左右に振っていたのである。

彼の最後の日となるような哀しみがわけもなく、私の歩調を緩ませ、二人の子どもたちよりも遅れ気味の足どりとなっていた。今日子夫人は思いの他軽傷で、知博より十日早い日に退院していた。

大三は相変わらずベッドの上で明け暮れてはいたが、だいぶ角もとれた丸を帯びた顔で、私の見舞いを素直に喜び、実子の知博の身辺を気遣う父親となっていた。

そんな大三の元に私が一大決心を持って訪れたのは、知博の身柄が完全に警察の手に渡された一週間後である。

知博の籍を抜くということに、大三はやや動揺を見せながらも、私の全ての条件をのみ、快く承諾し愛する子どもを手放す結論を下したのである。

しかし父親の感情をかみ殺す、大三の瞳に涙が光っていたのであった。

「知博をあなたの手で幸福にしてやってください。私にできることは何でもします」

深々とお辞儀する大三に驚きの目を見張り、返す言葉はまったく出てこなかった。

今日子夫人の愛に今再び開花された大三は、優しい思いやりのある男性になり、私と夫婦であった日には、まるで夢想さえもできないほど素直であった。

夫婦の亀裂となり、独身、湖月弘子となった身の私に頭を垂れる大三の心中は察するに余りあるものであった。

そして今、知博という一人の子どもを通して、互いに和解する結果となり、大三をも恨めぬ私となって解決されたのである。

野々原家を揺るがす問題はそれだけでは済まなかった。

知博が車で轢いた被害者である青年は、莫大な慰謝料を請求し、嫌がらせを持って野々原家、さらには会社へと押しかけていたのである。

十日間の入院では不満だったのか、頭痛がするといっては、担当医に絡みつき、手こずらせていることを耳にした私は、自身で被害者の青年と会う約束をしたのである。

野々原家の妻である今日子夫人は、大三頼りの気弱い女であったので、その代理をつとめたのである。

二年ぶりに敷居を跨ぐ野々原家で過ごした日が、琴の音とともに蘇り、化粧柱の一本一本に弘子の音が漂い流れている懐かしい思いであった。

野々原家の敷居は二度と跨がぬとあの日決心して出たにもかかわらず、今再び、しかも最悪の事態の中で訪れようとは、何という運命のいたずらなのであろうか。

この家、この畳、このガラス戸があの日とまったく同じだというのに、人間の心、知博の心、みんな変わってしまったのだ。ほとんど大人を手こずらせることがなかった、おとなしかった知博。

あの子を思い出すものと言ったら、無駄なことを口にしない微笑。努めて良い子となっていた知博、犯人となる子どもには誰もが思えなかった。

この家で知博は二度と見ることはできなくなるのだ。野々原家の妻の座を降りて、振返ったあの日、灯りに映し出された知博の姿が目に焼きつき離れずにいた。

しかし哀しむべきことは何もなかった。

私がこの家を出たように、知博もまたこの家を出、湖月弘子の養子となり、永遠に彼と過ごせる私なのである。

先代に代わったそう若くもないお手伝いさんと二度目の対面をした。

当時の恐怖が今なお彼女を脅かしているかのように、全身小刻みに震わせ、知博の犯行当時を手に取るように激情し語る彼女の頬骨は吊り、ほとんど笑顔は見られない強張りであった。

その時、激しい呼び出しベルと同時に、噂の被害者の青年が現れた。今にも飛びかからんばかりの勇ましさで「多田だ」と言うなり、つかつかと上がり込んできた。

挨拶を終えると、全て心置きなく話してくれることを切望し、出来得る限り彼の要求に応える旨を告げた。

「交通事故は後々まで思わぬ後遺症を残すものですから、気の済まれるまで治療を続けてください。頭をお打ちにならなかったことが、不幸中の幸いと申されますわね。あなたの後遺症として残るものがあるとするならば傷の痛み、特に冬は大変かもしれませんね。それに交通事故は、かなり多田さんの心を乱させたのですから、当然慰謝料は差し上げなければならぬと思っています。ただあなたの請求なされた額が、あまりにも莫大すぎて、私どもの生活じゃとても全額お支払いは無理なのですけれど、真心は十分にお伝えできるようにと思っておりますの。請求の中には、入院中のチリ紙、菓子代なども含めていらっしゃる、それも仕方ないと思ってます。元はと言えば、あの子の事故が原因なのですからね。あなたは何と私どもにお返事してくださいますか。このような質問を申してご立腹なされてはと思いますけれども、あなた様のお答えが、私どものあなたにつくせる全ての条件なのです。もちろん要求額を差し上げられないことは、とても心苦しくは思いますけれども、それにも限度というものがございましょう。せめて治療だけは気のお済みになるまで続けてください。野々原の父親もあの通り入院中、母親も病院通いといった具合で、とても大変なのですの。ご理解をいただき、お願いしたいのですけれど」

微笑みつつ彼の心をそれとなく見抜くべく努力をし、さらに丸く収めようと必死で心を割って語ったのである。

真心ある会話は人の心を打つという信念を、野々原の要の座を去った後、自身の銘《いましめ》としてきたのである。そしてもっともこの真心を話さなければならぬ決心をして、打ち明けたのである。

その青年は、やはり私の心が相違したのか初対面の荒々しさは次第に遠のき、穏やかな微笑さえ浮かべていたのである。

「いや、何もこの請求額全部いただこうなどと思って来たのではないですよ。要するにこの家の誠意のなさに少々腹立ち、むかっ腹を立てて、我にもない多額を吹っ掛けてしまったという次第です。傷の方も大したことなく、治療も今月一杯で止めるつもりで、それに今日は示談を取りたいと思って来たのですよ」

頭をかき、恐縮しきったようにぺこぺこ頭を下げる青年であった。

「あなた東北の方ですのね」

東北なまりのある彼に尋ねる。

「ええ、仙台の近くなんです」

私の質問に彼は、少々驚いたように私を見つめながら答えていた。

「まあ仙台ですの、私は福島県ですのよ」

この辺から急に会話にも親しみを増し、お茶受けを運ぶお手伝いさんを、すっかり驚かせてしまった。

「私、仙台の街には思い出があります。私がまだ十八歳の娘時代、検査のために大学病院を訪れ、十日間の入院生活をしましたの。あの年はとても大雪が降りましてね、懐かしいですわ」

東北のよしみが万事丸く解決をみたのである。時には東北、さらには同郷のよしみというものは、ありがたいものをもたらすものであることを痛感したのである。

「東北人って親切でお人好しの方ばかりって、私は思っていましたけれど、本当にそうですのね」

「そう苛めないでくださいよ」

被害者、加害者の面目は保たれ、和やかな示談の執り成しとなったのである。

知博の事件をきっかけに、心残りの職場を去るしのの胸中は心が入りこむ程良く理解できていた。

新聞沙汰になった事件は、しのの職場にまで一気に広まり、彼女の身辺には冷気ばかりが漂い、自ら去らなければならぬ身となったのである。洋裁学校へ通う口実で退職するしのに、慰める言葉もみつからず黙する私であった。

そして六月再び彼女は新職場に勤務するようになったのである。

中流会社の事務員となった彼女は、その新職場において恋愛し、その年の秋には良き伴侶を得たのである。

縁というものはまさに不思議きわまるものであると、しのの祝福の上に思った。


「本当、すてきだわ。しのも一度、伺おうと思っていましたの。その時のお話を聞かせてくださいい。背が高くて、ハンサムで、きっとお母さんその方を精魂込めて愛したのでしょうね。その思い出が強すぎて、お父さんを愛せなかった、きっとそうだとしのも思います。女の人って結婚した相手を心から愛さなければならないと思っていても、過去に愛したその方のイメージが強すぎると、その結婚は不幸な結末となる、そうじゃない、ねえ、お母さん、でもなぜその方とお別れなさったのかしら。それに野々原家へ入られたお母さんの心境、しのには分かりませんわ。いいえ、お母さんと生活できたからこそ、しのは幸福をみつけたのですもの。でもしのが、お母さんの立場だったら、子どもの何人もいる家へは嫁ぎませんん。まして愛のない人との結婚なんて、おかしいことだと思いますもの」

微笑みかける瞳から、厳しい表情に変えて語る彼女。

「ええ、お母さんは売れ残りの叩き売りで野々原へ嫁いできましたの。今考えてみればよく決心して嫁げたと思うほど、何もかもが不思議な思い出みたい。遅蒔きながら人生の恋愛をし、当然の愛の勝利者となれることを信じていたお母さんにとって、恋愛は大舞台、それ以来愛するということは、まったく不可能のように不具者となってましたのよ。そんなことが原因していたのかもしれないけれど、お父さんに嫁ぐ時もやはり愛らしきものは本当になかったの」

謝罪のつもりで成長した野々原の娘に詫びたのである。

「ううん、違うわ。お母さんは偉かったから、お父さんのどのような仕打ちにも耐えられたのですわ。私なら思い切り叩きつけて、飛び出してしまいますもの。でもお母さん、恋愛って女性にとって、とても貴重な成長ですわね。お母さん、恋愛経験の先輩として、一言教えてください」

しのは私の横たわる布団に手を伸ばし、私の体をゆすぶっていた。

「今はだめ、しのちゃんが本当に愛する人と巡り合える時までは」

じらす私に、ほとんど間髪を容れぬ、おうむ返しのように語った。「私、好きな人ができましたの」

はにかむ若い肌に、薄赤みある乙女の恥じらいを感じさせた。その瞬間スタンドの灯りが、何とも言えぬ美しさで彼女を浮かびあがらせ、見惚れるばかりであった。

そして互いに微笑しあい、ややしばらくの沈黙後、「で、その方本気で交際してくださるの」

ふと知博の事件を思い出し、いいようのない不安心が募って来た。

戸籍とは姉弟から抹消されたものであっても、結婚という結びつきにおいて、その彼が、どこまで理解してくれるか、しのの喜びを心から祝福してあげなければならぬと思いながらも、一抹の不安が、私を脅かしたのである。

「そう、良かったわね。お互いにそこまで話が進んでいるのなら、手落ちのない結婚となさいね、それにしても驚いたわ。しのちゃんが恋をし、お嫁さんになるなんて、もうそんな年頃でしたのね」

美しいしのに、励ましの言葉で言ったのである。

「お母さん、決心してしのに話してあげるわね。お母さんの恋愛は人並み遅れた恋の芽生えだったの。それだけに、次の日なんて考えの余地のない、本物の愛だったと思ってるの。でもね、誤解が生じた仮面の恋だったって、愛の終止符となって初めて気づいたの。私が心から信じて愛しているように、相手の方も信じて私を愛してくださっていると確信を持っていました。でも、出された答えは失恋という結論だったわ。結局、己を信じた愛は、己を滅ぼす。男性は同時に二人、三人もの女性を、その立場、立場によって愛せる動物の習性みたいなものなのね。それが突然に一人の愛にしぼられる、それが結婚なの、計算された愛だってことに気づいたの。私の生涯にたった一人愛し、信じ、そして恨んだ。でも、過去のあの信じ得たことが、裏切られた一時の哀しみを吹き飛ばし忘れさせるように、今なお貴重な宝物として心に生きてるわ。あの方は家族の意見に従い、家族を捨てない立派な男性だったわ。それでも彼を引き離せぬ豊かな愛情の持ち主の私だったなら、結婚の道もあったのかもしれないけれど。親戚に反対されて結婚に踏み切ったところで、当時のお母さんには自信がなかった。愛情より以上の弁膜症の負担が、お互いの心の重荷となり、亀裂を迎えてしまったの。結局、別離という結論が下されお互いに別れ、それぞれの人生に向かって再出発しあったの。あの方にとっては、少なくとも不幸な結婚に陥らずに済んだって思ってるの。お母さんたちの恋愛は、あまりにも哀しい別離となってしまったけれど、恋愛のない人生で終わる一生よりは、はるかに素晴らしい経験だったと自負しています。互いに夢中で愛しあっていた者同士が、なぜ別れとなるのか、今思っても不思議ね。しのちゃんは絶対このような不幸な結末とならぬよう頑張ってくれなくちゃね」

思いがけぬ十年前の過去が、恋の喜びにある娘との夢中の語らいとなり、さらに繰り返してはならぬ日の教訓の一つとして、語ったのである。しかしそれ以上は語らぬあの日の過ちが、心を頑なに閉ざしていた。

しばらく沈黙を守りいっていたしのは、私の話を終えるのも待ちきれぬ黒い瞳を瞬かせ、優しく笑顔をみせた。

「お母さんありがとう、とても参考になりました。しの、お母さんの分も幸福にならなくちゃ」

「しのが思うに、お母さんの過去の恋愛は愛されていながら、なぜ別離ではなく、愛を勝ち得られなかったのかしら。しのにはお母さんの生き方がどうも理解できないわ。たとえその方が意識の弱い人であっても、愛情を計算の上で成り立たせる駆け引きできるようなものじゃないと思うわ。愛って男女間に芽吹く自然な誇り高き生命じゃないかしら。愛された以上、愛の四捨五入なんてしのは嫌だわ」

若い彼女らしい意見を言うしのに何ともいえぬ苦を見た思いであった。愛というものは、お互いの心の駆け引きだと今でも思っている私には、それ以上、しのとの会話は続けられぬものとなっていた。

「しのちゃんには健康という何ものにも変えられぬ素晴らしいものがあるのですもの。それだけでも幸福になれる条件の一つは備わっているでしょう。ところが、当時のお母さんは病が愛する人から一歩後退させたように、素直に飛び込んでいけなかった。天命というのか知りませんけれどね。ある人に言わせれば、弁膜症なんて告白せずに嫁ぎなさい、嫁いでしまえばどうにでもなるものなのだからってよく言われた。でもお母さんには嘘をついたり、隠し立てしたりした結婚はとてもできません。お母さんの性格上、どうしても隠し立てすることはできなかった。それでぐらつくような愛など惜しいとも思いませんでしたわ。しのちゃんの愛する人ってどんなかしら」

スタンドの灯に輝く彼女を見直し美しいと思いながら尋ねてみた。「今ここでしのがお話しするより、お母さんに直接会っていただいた上での方が、しのは嬉しいわ。その方次男ですので当分はアパート暮らしとなるかもしれませんの」

そして最後に波立あをいさんという名を告げられた時、さらに興味が深まっていったのである。偶然なる姓名に心が止まったのだ。しかしそれ以上はあえて尋ねることをせず、彼女の頬を軽くつねりながら、「しのはずるい子、お母さんにばかり話させて」

まさか、しのに打ち明けようとは思ってもみなかったことだけに、いっそう母子愛情が深まってゆくような通いあう心を知りあったのである。

大三の見舞いにも行かずにいたが、時折鈴子さんからの報告で回復に向かっていることを知り安堵していた。そんな中にも知博の面会には、できる限り訪れていたのである。

明るさが取り戻った知博に、一日も早い帰りを祈って帰途につくのが常であった。

その年の九月、しのの愛する彼との初対面の日であった。野々原での正式許可が下りたら、二人でいらっしゃい、と言っていた自身がおかしくなるほど、しのの来るのが遅く思われた。独りでに高鳴る気持ちを落ち着かせるのがむしろ苦痛であった。

三時少々回った時であった。「ただいま」。しのの声に混じって、「失礼いたします」。彼であろう人の低音が快く私を酔わせた。

急に母親らしい顔に戻ると、二人を迎えるべく玄関へ急いだ。その時間、印象深い追憶が、今再現をみたように、一瞬間の心臓停止を見たと思うほどの驚きであった。

そして急に活気を帯びた全身の血液が、爪先に抜け出るほどの蒼白さが、自身の冷えきった心からはっきり分かったのである。持ち前の赤い頬もすっかり失われ、強張りゆく表情だけが、微笑もうとする笑顔を取り去っていた。

「お母さん、波立あをいさんです」。紹介する青年に向けて「母です」と告げるのは、恋する乙女の笑顔が心憎いばかりに現されていた。

表情の硬い青年は微笑んだ。

「初めまして、波立あをいです」

挨拶する身のこなしの全てにまったく過去の日を再現させられたとさえ思えた。それでもやっと自制すると、「しのの母、いいえ、しのから伺っておられることと存じますけれど、母代わりの湖月でございます。遠いのに大変でしたでしょう。どうぞお上がりになってください。お茶でも召し上がってくださいませ」

母親らしき態度で接したのである。それまで完全に開かれていた心は、この青年に接した瞬間に閉ざされ始め、どうすることもできない憎悪が、イバラの突き出た心にできあがっていたのである。

この青年に対し、底意地の悪さが心中に満ち、取りのぞくことはまったくのぞみ薄のように、火を吐き出していたのである。

「しのさんのお母さん、僕にしのさんをくださいますか。僕は、しのさんとならともに幸せな人生を開いていけると確信した上でお願いに参ったのです」

誠実あふれた瞳には自信に満ち足りた輝かしい光が、訴える者の心を動かすようだった。

「どうぞ幸福にしてあげてください」

当然そう言うべきと思いながら、「しばらく考えさせてください」と言ってしまったのである。

それでも訂正しようとは思わなかった。

(私を愛したあなたの兄さんだって、私を愛していた時は誠実そうにそう言いましたわよ、そんなつまらぬ演技など、およしになってください)

その青年を無視しながら、心に叫んでいた。

「あなたはこの子を心から本当に愛していらっしゃるのでしょうね。第三者にどのような反対にお会いになっても、その意志を通される勇気をお持ちになっていらっしゃるのですか。この世の中がどんなに進歩しても、所詮女は売り物。いうなれば、買われてゆくも同然です。約束しあった後、心変わりする。その被害者は女性でなくて、男性だと言いますでしょうか。あなたの愛は少なくとも本物であると、今すぐに認めることは、私には不可能ですの。たとえ野々原家の両親が賛成であっても、私一人で反対するかもしれませんわ。でもあなたの変わらぬ愛を認められた時には、心から喜んでお渡し申します」

むきになって言う私に、しのの肌はみるみる蒼ざめ、哀しみ沈み訴える瞳で私を見つめたのである。しのの瞳に気づいた時、さらに先を続けようとした言葉は一気に途切れ、それ以上激することはやはり恥ずべきだと思い、冷静さを取り戻した。

青年自身も思いがけぬ私の毒舌に、一瞬ためらいをみせながらも、すぐさま変わらぬ優しい微笑を作り、同感という態度を持って答えてくれたのである。

「しのさんを愛するお母さんにとりまして、当然のご質問と受け止めました。しかし今はっきり自信を持ってお母さんにお答えできる僕を、しのさんを愛する心と同時に、信じてくださることと思います。交際始めて一ヶ月も過ぎたころだったかと思います。しのさんが弟さんのことを打ち明けられたのです。思いもかけぬ瞬間の告白に、自身の取るべき態度を見失い、その日のデートを終えました。でも帰宅し、思い返した僕は後悔しました。なぜ、それでも変わらぬ愛を口に出さなかったのかって。自分ながらとても情けなく思い、今すぐ会って慰めの一言でもかけてあげたいと思いました。しのさんと別れた時、勇気ある告白をしたしのさんに、さらに印象づけられ愛は高まり、変わらぬ愛であることを知りました。もしあの日告白してくださらないしのさんだったなら、このような急ぎ足のような愛情の打ち明け方はできなかったのではないかと、正直思っております。たとえ、母、姉兄が反対しようともしのさんの人柄に接した上で結論を出してもらうのだと決心しておりました。どのような反対も僕には恐ろしくありませんでした。結婚するのは、この僕自身であって、姉兄でもないのですから。特に母親というものは見えっ張りで、ごめんなさい。僕の母もご多分にもれず、やはり反対しました。身上調査を依頼した母の手元には、弟さんのことが記載してあり、反対理由は、ただその一点張りだったのです。僕の一生を母に踏みにじられるのは嫌でしたから。報告書を握る母に言ったのです。

『だからどうだってお母さんは言われるのですか。僕は子どもじゃありませんし、またしのさん自身が何をしたわけでもないのに、なぜそのようなことばかり言われるのですか。反対される理由がそれだけなら、しのさんにお会いし、その人柄を見てから言ってください。押しつけられた結婚が僕にはできないように、引き離されるような別れなんてできません。僕はいつまでもお母さんの良い子として生活することはできません』

ついに我慢ならず、言ってしまったのです。

その時母は泣いてこういいました。

『あをいさんの幸福を思えばこそ心配したことですのに。母親の心も知らないで何という親不孝な子どもを持ったのでしょう。そのような反抗をなさったのは、あをいさん、あなた一人ですよ』

僕もちょっぴり言い過ぎたって思いましたけれど、物はついでとばかり、継ぎ足してしまったのです。

『皆はお母さんの良い子として生活してこられたかもしれませんが、そんなの親孝行でなんかないですよ。僕の幸福ってお母さん言われましたけれど、本当に僕の幸福を願ってくださるのなら、好きな人と結婚させてください。それが幸福でなくて、何だとお母さんは言われますか』

さすがに母も堪えきれず、泣き伏せ、居合わせた兄夫婦に慰められていました。

母の立ち去った後、兄は僕にこう言いました。

『愛する人との結婚を無にするには、努力、忍耐、勇気、その上で、憎悪心が愛以上に深く保たれなければ、別れという愛は不幸な身に陥れ、互いに不幸な人生の結末となるものだ。愛する人と別れても、過去の美しい思い出として残しておけるものなら、ある意味では結構なことかもしれぬ。愛の道はイバラであり、結婚という目的の前には、さらに根気が必要だ。しかしその一つ、一つのイバラを取り去って前進するならば、必ず幸福な道が待っているものだ。強い決断、意志、勇気が今、お前のもっとも大事な鍵を握っているのだ。僕は反対しようとは思わない。本当に愛しあっているのなら、僕がお母さんを納得させてあげる。あをいは、幸福な身だなあ』

兄の最後の一言は、身にしみる言葉でした。父親の愛情を知らずに育った僕には、兄の励ましは、男同士の心に通じるものでした。

そのような会話があって二人だけの夕食時には、会うだけ、会ってみましょう、と賛成の意向を示してくれた母なのです。

ですから先月にはお伺いするつもりでしたのがこのように遅れてしまったのです。

何もかも打ち明けてしまった僕ですが、僕の全てを知っていただくには、心残らず語らなければならぬ責任を感じ、お話ししてしまったのです」

全てを語り終えた彼の瞳には、変わらぬ微笑が作られ、静かに好意的な唇を閉じた。

「よく分かりました。この娘を幸福にしてあげてください。あなたならきっと、しのを幸福にしてくださると思います」

　私のこの一言は彼を喜ばせたのである。

「ありがとうございます。きっと、きっと、しのさんを幸福にします」

　感激の唇を震わせ、母なる私に低く頭をたれ、お礼を繰り返す彼であった。

　今の私にはこの青年を心から愛せるという確信が満ちあふれてきたのである。自分可愛さのあまり、青年の立場も考えずに毒舌を吐いたことに、少々後悔を覚えた。あまりにも偶然なる青年との再会に興奮高まり、冷静さが失われ、この青年が例の男と兄弟であると知った瞬間に憎悪心が煮えたぎった。

　湖月弘子の同意を得た青年と肩を並べ立ち去る二人の姿を、いつまでも見送り続けたのである。

　人生というものは何という奇遇なのか偶然からできあがっているものなのだろう。

　青年の兄は、かつて私との恋に生きた彼であり、そして去った人であった。

　当時この青年は大学生で、子どものない叔母宅から通学しているということを聞いたくらいで一度も会わなかったのだった。会わなかったのがむしろせめてもの現在の幸福であるように思えたのである。

　翌週の日曜日、波立家の挨拶を終え帰宅したしのは底抜けに明るかった。

「ようやくおもしろさの増した職場ですが、心残りながらもきっぱりと捨てました。そして大学進学しようかって本気で考えたんです。あの時ほど社会の冷たさを痛感したことはありませんでしたの。ですから二度目の職場で波立さんとお付き合いしていただくようになった時も、お互いに傷つきあわぬ浅い交際のうちに打ち明ける決心をしましたのよ。でもお母さん、いざ告白しようと思いながら、一ヶ月も月日を要してしまいましたの。別れの決心で告白しましたのに、変わらぬ愛で私を妻にしてくださるとおっしゃった時、嬉しくて、しのは泣いてしまいましたのよ。いつでしたか、お母さんがおっしゃいました。『人を信じすぎてはいけない』と。お母さん、しのはお母さんの意見対立となっても、あをいさんなら心から信じ切れる人だって確信してますの。またいらしてくださいねって、この愛の言葉をいただいて帰って参りましたのよ。お母さん、しのは本当に幸福な女と言えますね」

私の返事を求めることなく、一人で喋りまくるしのは、輝かしい愛の勝利者の笑顔であった。

かつての私にもこのしののように、愛の勝利者となって、誇り高き喜びを、故郷の父母の前で語ったことがあった。

第6章　永遠に

帰京して九日後の正午近く、突然心臓の締め付けられる苦しみとともに、わずかな時間気を失い倒れて、コロチンによって意識を取り戻した。

目覚めた横になぜコロチンがいるのか、すぐには理解できず無言でコロチンを見つめた。両耳を頭にぴったりくっつけて尾を振り、私の鼻先をペロリとなめ、喜びの表現をしてくれた。

コロチンが気絶した私を介抱してくれたのに気づき、「命の恩犬」であったのだと思うと無性に嬉し涙があふれた。コロチンを抱きしめ、むせび泣いた。コロチンは、今までの出来事をしのの耳に入れぬ、口を利かぬ動物であることに気づいた時、人間の誰よりも素直に愛せるように思えた。

なぜこのような貧血を起こしたのか、自分でもよく分からなかった。疲労から起こったものであるらしく、その後はすこぶる元気となり、しのの嫁ぎゆく準備に追われた。

野々原家と、波立家での挙式に関する一切を取りかわし、挙式を待つばかりとなった三日前、嫌がるしのを無理に野々原家へ帰らせたのである。

その日、迎えの車でみえた今日子夫人に連れられて行くしのに、祝福の言葉をと思いながらも、最後の別れと思うと、哀しみばかりが先立った。お礼を述べて湖月家を後にするしのの涙と同様、一緒に胸を詰まらせ、泣き別れとなったのである。二度と戻らぬ湖月家の畳にも、しのの残り香が漂い続けるのであろう。

「お母さんは古風な女でしたのね」

そう言った彼女自身、古風な大和撫子の姿だった。

「お母さんには色々お世話になりました。お身体に十分気をつけてください。あをいさんと時々遊びに参ります。では行って参ります」

正座した畳に両手を添え、伏せられた長いまつ毛からこぼれ落ちる涙は、添えられた彼女の両手に落とされていた。

しののいなくなったその夜は、すでに何とも表現しようのない苦痛に襲われ、涙の流れるまま泣き明かした。愛するもの全てが取りあげられるような孤独が、無性に私を哀しませたのである。さらに、娘いほりを幾年ぶりかで思い出し、会ってみたい思いにかられた。あれから十年近い歳月が流れ、いほりを忘れ去るべく様々な人生を歩み続けたような遠い日の思い出のように整理され、冷静さの中で赤子のいほりを思い、野々原家の若奈をいほりの現実の姿に映し変えるのが精一杯の思い出であった。

それから二日後、野々原しのから、波立しのとなる大安吉日の日、野々原今日子夫人からの招待を受けながらも、実母でない母の存在は無であり、まして公式席上における、私の存在は、立ちのぼる陽炎のような裏街道を歩む女であることを自覚し、栄えある席上に臨むことはできなかった。その理由は、私の過去の醜い感情、つまり、波立家の家族とのもっとも恐るべき面会という現実であった。

そこには、永遠に忘れ去られぬ過去に愛しあった彼、さらには顔見知りとなった家族、たとえ整理された心で面会したとしても、やはり心中の乱れは取り払われぬ再現となって、気まずい挙式となろう。

その壁に突き当たった時、どのように愛した娘しのの花嫁姿であっても、今なお勝ち誇る女の見えが、さらには波立家への対抗意識となる下地があった。勝ち気な三十七歳、湖月弘子を守る見えが崩れた時、私の生涯は終わりを告げ、どこへとなく、葬り去る生涯の結末となるのだ。しのを祝福する心の内以上に、なお自分の過去から燃え上がる憎悪感は、やはり拭い去ることができないことを身をもって知らされた。

それでも新婚旅行へ旅立つ二人を見送ろうと、人目を忍んで、羽田空港へと向かったのである。何組もの花開く新婚組に混ざって、ひときわ幸福に輝く二人の姿をとらえた時、感激のあまり佇むのもやっとの思いで、心中で泣き、瞼の奥深くに焼きつけたのである。見送りの人に何やら冷やかされ微笑む若夫婦。しのの周りには、爆笑がひときわ高く湧き上がっていた。

その一瞬、驚くほど、しのの視線がはっきり私の方へ向けられたのである。しかし、愛することに夢中で、私に気づくはずはなかった。

サングラスをかける私など、しのにはおよそ想像がつかぬことであったろうし、まして、私の見送りを受けていることなど、誰にも信じられぬことであったろう。

やがて二人は幾組かの夫婦に混ざって、タラップから手をふり、機中の人となって大空へ羽ばたいていった。旅立つこの若夫婦が、かつて愛しあった彼との蜜月旅行でもあるかのように、音の消えた羽田空港ロビーに佇み、寒風を受け、飛び立った空へ思いを託し、いつまでも眺め続けたのである。過去は過去としてきっぱり整理されたはずの私の心に、今なお取り乱す過去の思い出が強く生き続けるのはなぜなのだろうか。

その理由の一つとしていほりという子どもを出産したという事実が、永遠に心に残るのであろうか。佇む私は魂の抜け殻になった湖月弘子で、心の中は彼らとともに九州に旅立っていたのである。

しのを嫁がせた後の空しさは、決心して引き渡した以上の苦痛ばかりが残されていた。涙ばかりが流れ、思い出の一つ、一つとなってしまった。しのの触れた品を手にしては、彼女の残された香りを夢中でかぎ、抱きしめ寝たのであった。

それでも九日後には、しのに代わって、知博の身を案じ始めていた。しのの嫁ぐ日々の多忙に追いまわされ、つい心ならずも知博との面会を断っていた私は、明日には行こうと土産をまとめたその夜、激しい心臓発作を引き起こし、ついに知博との面会を見ないまま、病床の身となってしまった。そしてあるいは、永遠の別れが近づいているのではないかとさえ思った。その夜、すぐの回復は見られず、ややしばらく荒々しい呼吸を繰り返し、そして心臓停止のような状態が続いた。

そのような苦痛の中で、今度はなぜか、かなり悪化しているような気配が、素人ながら予知できた。心臓発作が治まっても、起き上がる気力はもはやなく、手足、さらには全神経麻痺を感じさせるほどの気怠さが全身を包んでいた。呼ぶものは犬のコロチンしかなく、ゴソゴソ動きまわるコロチンを呼んでみた。

湖月の家において今声をかけることができるのは、コロチンだけなのである。

「コロチン、コロチン」

二度ほど呼んでみた。そして気づいて見た横には丸めた尾をつけねにぴったりつけ、それでも大きくふると、悪いことでもしたかのような遠慮がちに、身を縮め、眠っている私の顔をひとなめ、くんくん甘ったるい声ですり寄ってきた。

「コロチン、叱るしのちゃんはよその人になってしまったこと、分かっているでしょう。これからしばらくコロチンと二人の生活。そうだコロチンはまだ独身だったわね。潔癖なコロチンは処女のまま、おばあちゃんになってしまったのね、お前を愛して煩わしく付き纏った、赤毛のあの相手にも恋は芽生えなかったの。潔癖な女が幸福になるってことは、自分自身を慰め、信ずる幸福くらいしかないもので、男性の目には、魅力ない女としか映らないものなのよ。さあ、コロチン、お前の好きな相手をみつけておいで。さあ早くコロチン」

いつしか私は泣きながら、答えるはずのない犬に向かって言っていた。コロチンはくんくん鼻をならし、耳と頭をぴったりくっつけ、立ち去ろうなどという仕種を見せなかった。

「コロチンも、私の歩む人生と同じ犬生を辿ろうっていうの。コロチン、お母さんがいなくなったら、一人でどうするの、コロチン」

涙を流し必死で話す私だった。

口が利けぬ犬ながら、訴えるような瞳が、奥深く作られていた。すり寄せるコロチンの頭を優しくなでた。

「コロチン、もし私がこの家にいなくなったら、私の故郷に引き取ってもらおうね。お母さんがよく話しておきますからね。故郷の家には、お前の友達となる二匹の仲間が歓迎してくれるはずだわ。今日はこれで、さあおねんねしましょうね」

動こうとしないコロチンにもう一度、「さあ自分のお部屋に帰って、おねんね」

私の命令に黙従するコロチンは、すごすご引き揚げていった。明日には鈴子さんが見えるはずだったが、その日の夕刻倒れて一時間後、だいぶ回復したころ、しの夫婦が尋ねてきたのである。「お母さん」と呼ぶしのの声が不思議なほど私を元気づけた。

「しのちゃん、しのちゃんなの、お帰りなさい」

病気のため、声は弱く、玄関先には届いていなかったようである。コロチンの歓迎の声だけが部屋中に響き渡っていた。しのが嫁いでから、夕刻早々に鍵を下ろしていた。しのは裏木戸から入り、真っ暗な部屋に蹲っている私の黒い影をとらえ、驚きの表情を見せた。なぜ、私が泣いているのか、おそらく理解できなかったであろう。しのの夫となった彼も理解できぬといった表情で私を見つめていた。すぐさま、鈴子さんに連絡し、二言三言会話した後、私は病院へ移されたのである。

そして、永遠に家に戻れぬ病床の身となったのである。

翌日、どうにか落ち着きを取り戻した。心臓の動きを手でそっと計ってみた。もはやそのような触る必要はなく、着物の上から鼓動がはっきり分かるほど悪化していた。

弁膜症という生涯消えぬ病を背負い、恐れていた心臓が悪化して、荒々しく肩で息をするまでになっていた。

それでも、三日後には気分もすぐれ、回復に戻るような慰みを味わっていた。

しかし、依然として顔色は悪く、死を感じさせるような肌に一変し、唇の色は土色とも紫色ともつけがたく、かさかさに荒れていた。

三日三晩看護してくれた鈴子さんも、四日目には、安心しきった表情で勤務についてくれた。しかし、勤務終了と同時に、外来病棟から駆けつけてくれる彼女だった。

ほとんど外来に行かない鈴子さんは、知博の帰る日までに編みあげるのだというテーブルセンターを器用な手つきで編んでいた。しのはしので、一晩だけでも添いたい思いだったが悪い印象を与えることは好ましくないと考え、帰宅した。私の愛、無用な長物であり、波立家の愛せる妻、嫁として心から歓迎されてほしいという、現在の今まで果たし得なかった素晴らしい妻となってほしいという、しのへのただ一つの願いだった。

その年も明けた二月十日。しのに連れられた、波立凌の妻、つまり私がかつて愛しあった人の妻との初対面となったのである。

病院での生活の日々に何かの変化を期待しながらも、体力限界に、ほとんど床に入りっぱなしだった。ふと、詩が浮かび、書きとめようと起き上がりノートを探している時であった。

しのに連れられた美しい女性、もちろん誰であるのか知るはずはなかった。まったく予期せぬ見舞客への驚きであった。愛しあった彼の妻なのだ。

血の流れのように素直に自認した生涯かけて誇り続けた勝ち気さは、今この夫人その初対面において全て取り去られていくのが、分かった。縁なき縁の人であった昔、そして今奇異なる偶然が縁結びとなっている。

この夫人こそ、彼の生涯をかけて愛せる理想の妻であり、魅力に輝く妻であることに気がついた。

彼の気高さ、頭脳明晰さを知った時、幸福な家庭を築く父親の姿を感じ取ることができた。

その夜、凌夫人となったその妻を幾度となく思い浮かべ涙した。しかし、翌朝には忘れ、知博の身だけが案じられてきた。

今、身を横たえている時ではないという腹立たしさが先立ち、どうしても苛立ってしまった。知博一人を残し旅立つことは、あの子の全ての計画を壊してしまうのではないかと心配だった。元気を出そうと何度も自分に呼びかけた。しかし、気力は持たず、心臓の衰えが目に見えてはっきりしてきた。それでも死は恐ろしく、愛する知博のことを考えた。

それでも再び回復に向かうような気持ちになり、食事も思いのほか摂れ、久しぶりに起き上がり、ふらつく足で病室を歩いてみた。足が床に着いているとも思えぬ、ふわふわとした面持ちだった。

ちょうど昼休みで白衣を着た鈴子さんが訪れ、私の姿を見たのである。さすがに驚きの眼差しを向けた。

「小母さん、いけません。もう少し我慢すれば良くなられますのに」

立派な看護師に成長したと思った。この頃では、私の方が駄々っ子のように、鈴子さんに甘えるようになっていた。

「だって、布団の中ばかりいては気が紛れないですもの」

不満げに言った。

「患者さんは、看護師の命令に従うものですよ」

彼女はこう言いながら、しばらく話をして職場に戻っていった。


三月末日に近い日、突然、姉からの便りを受け取った。いほりを姉に引き渡して十年半近くの歳月に一度として再会をみなかった姉、そして、いほりが一週間後には私の見舞いにくるという知らせであった。

忘れるだけの努力で生き抜いた日々と時間が苦痛を払ってくれる確信はあった。しかし再会という現実が一週間後に迫っていることを思うと、複雑な気持ちを抱いた。

頭の中が混乱して、泣き叫びたいほど興奮していた。これらの全てが、破滅の女、湖月弘子の運命的に決定づけられてきたのだった。

それでもなお、戯れの愛でない、愛の息吹の鎮静剤として、いほりを神から授かった子どもとして、美しい花を咲かせてあげようと思った。

ついにその夜、苦しみ喘ぐ声を発し、妹を驚かせた。灯りを点した彼女は「弘ちゃん」と小声で叫んだ。しかし眠り込んでいるように装い、答えなかった。

やがて灯りは消されたものの、彼女は身動一つしないまま、じっと私を身守っている様子だった。一週間は長くもありまた短くもあった。いよいよ明日の再会を思うと、心が落ち着かなかった。

「自然な挨拶ができるだろうか？　あの子との再会の一瞬がどのように悲しいものか」

明日の再会は嬉しくもあり、悲しくもあり、自分自身でも分からない心情だった。


いよいよ再会の日、早朝に目覚めてから、何とも表現しがたい心境だった。

回診に来た担当医をはじめ、看護師さんたちを驚かせたほど、その日の私は生き生きしていた。

「湖月さん、今日はとても生き生きしていますね。彼氏が来るんじゃありませんか」

冷やかされるほど私の表情は明るいものだった。午前中は現れず、少々がっかりして、うとうとしている時であった。妹に連れられた一人の女性と九、十歳の女の子の姿が目に入った。

今日来るという知らせを聞いてなかったら、現実とは思えぬほど見慣れぬ夫人と子どもの姿であった。寂漠たる空虚さの中で生きている小さな虫けらの存在感しかない私には、彼女たちの仕種をただ傍観しているに過ぎなかったのである。

「弘ちゃん」

駆け寄る姉の一言が幻想の世界から現実の世界に引き戻した。

「弘ちゃん、お久しゅうございます。ご病気と伺った時、すぐ飛んで来るつもりでいながら、延びてしまいました。でも、とってもお元気の様子で安心しましたわ」

励ます姉の両瞼には涙があふれ、口元が優しく微笑んだ。

「姉さん」

一言ぽつりと言った。それ以上は声にならず心の中で姉に語り続けていた。

姉も泣き、私も泣いた。悲しい涙ではなく、嬉しい再会の涙であった。

それ以上に姉の子となったいほりへの再会に数年前の思い出が今再び蘇り、私をいっそう泣かせたのである。

母らしくなった姉は見違えるほどだったが、小さな微笑を浮かべるえくぼは昔と変わらない姉の姿だった。

一日も早くいほりの姿を見たいと望みながら、その子を見るはずの視線はなぜか、姉の瞳を見つめ続けるばかりであった。

「弘ちゃん、いほりですの」

姉の一声は、すでに母親になりきった飾りのない自然さで紹介していた。恐ろしい対面と思う心は次第に薄れ、静かに佇むその子に目配りをしながら、緊張感を抱きながら見つめた。

私の瞳と合った時、その子はニコリと微笑んだが、その表情は子どもとは思えないものを感じさせた。

「叔母ちゃま、こんにちは、いほりです」

小娘らしくペコリと一礼をすると、初対面の叔母、私への無関心からか、目線を外した。彼女には初対面となった叔母、湖月弘子に親しみはないかのように挨拶を終えると、間もなく病室から地上に広がる景色を見下ろしていた。その子の瞳をもっと見たいと望みながらもその子の瞳は外へ向けられていた。

数年の歳月が叔母、姪との区別のように、はっきり意識し、この子を手放す夜、そして手放してからの歳月。

現実となった今、意気消沈してしまい、慕う感情はもう戻ってこなかった。

「大阪の方からわざわざいらしてくださって、大変でしたわね」

その子の声の響きを聞きたくて尋ねてみた。しかし返事はなかった。返事に代わって窓際から離れると母親の元に駆け寄り、顔を覗くと何事か小声で尋ねていた。すぐさま、いほりに変わって姉が語り出した。

「そう遠くじゃありません。夏休みのころ、もう一度ゆっくり参りますけれど、その時はきっと退院なさってくださいね」

私は死期が一日ごとに近づいている直感を抱いていた。

そうだ！　生きるのだ。もう一度生きて、元気な姿であの子の叔母として湖月の家で迎えるのだ。静かに瞼を閉じてみた。いほりに連なる思い出の一つ一つが鮮明に現れてきた。記憶を呼び起こして何になると言うのだろう。年月が苦しみ喘いだあの日々を、すでに過去として忘れさせてくれたのだ。

私が生涯かけて愛しあった愛の代償として得た、いほりの前にも自らを愛したのである。愛せるのは自分自身の魂と心と身体なのだ。男性に愛されなかった私の魂、自ら愛せる対象を見つけたのである。話し合いたいことは山ほどあった。しかし、実際の会話は一時間の中の数十分しかなかった。

離れあっての生活というものは、何となく他人行儀的なものとなり、思うほど会話は続かず、妹の言葉がなかったら互いに微笑みあい、姉妹の再会の感激に酔うばかりで、沈黙ばかりが過ぎていくようだった。

そこに現れた、見舞客に戸惑うような紳士は皆に一礼しながら尋ねた。

「湖月弘子さんの病室はこちらで宜しいのでしょうか」

「はい湖月でございますけれど」

「さようでございますか。私、波立あをいの兄でございます」

一枚の名刺を手渡すその人の表情は、微笑みながら強張っていた。

そのような声は、私の耳に届くはずはなかった。彼の名を告げられた瞬間、「あっ」という叫び声を張り上げ、全身の血の流れは一瞬にして凍りついた。そして、壊れた心臓弁をさらに乱し、息づく呼吸さえ苦しく、唇を開き、肩と口で呼吸を吐いていたのである。会話に夢中の三人にはもちろん気づくはずはなかった。

まして今ここにこの一つの生命、いほりが彼と私との血の流れを受け継いだ子どもであることなど、姉妹はおろか、愛しあった彼、そして座っているこの娘でさえ知らないのだ。

事実を知るのは、この私。この弘子が、この世でたった一人知る人間なのである。

いほりとの対面、そしてまったく予期せぬ彼女の父、波立凌との対面はまるで夢想の出来事であると思うほど、信じるのは不可能であり、それらの人々は、あまりにも変えられた容姿となっての再会であったのだ。

　愛していた日のイメージとは裏腹に、再会した今日の日をむしろ悔恨する思いだった。愛しあった彼との感激のその瞬間においても、去った歳月はあまりにも遠く、いほりを慕い再会した時と同様、感激の喜びは、もはや戻ってこなかった。

　それでも彼の視線が私に向けられた時、震えが起こり、なかなか止まらなかった。目を閉じていた時、いほりの別れの挨拶が語られた。しかし、すぐに気づくはずはなく、その娘に揺すられて目を開けて、始めて知った。

「いほりちゃんお帰りになるのね。叔母さん寂しいけれど、夏休み楽しみに待っていますから、きっといらして頂戴ね」

　初めてその娘の頭をなで、別れの挨拶とした。

「うん、叔母ちゃんもきっと元気で、いほりが来るまで待っていてね」

くりくりとした黒目を輝かせ、覗き込みながら言っていた。

「いほりちゃん、小父さんにもご挨拶なさって、帰りましょうね」

こう話す姉に、私の元から目を離すと「小父さん、さよなら」と取ってつけたような笑いを浮かべ、ソファに向かって歩いていた。

「さようなら、お気をつけて」

立ち去るいほりを眺めながら見送った。私は心の中で叫んでいた。「波立さん、その娘はあなたの子ども、いほりですのよ。いほりちゃん、その方は、あなたのお父さん。弘子叔母さんと呼んだ、本来あなたのお母さんとの間にできたいほりちゃんなのよ。叔母さんでも、小父さんでもない、あなたを産んだ両親、父・母なのですよ。いほりちゃん」

止めどもなくあふれる涙は、瞼を濡らした。姉妹の立ち去った狭い病室に、かつて相思相愛の仲であった一組の男女は、十年前の過去の思い出に帰り着くように、徐々に思い出が過去から現在の中に呼び戻されつつあった。

愛しあった当時の私には、若さがあり、美しかった美貌も、皺が増え、その面影は消えていた。

しかし、かつて愛した彼の好きな姿はもはやなく、昔を偲ぶ表情はほとんどなかった。

「湖月さん」

深々と頭を下げ近づくと、無言で用意されているイスを引き寄せ、しばらく凝視する彼の眼差しが眩しく私をとらえていた。あまりにも変貌しすぎた私への、失望であったのだろう。そして思い出したように微笑を作った。

「湖月さん、ご無沙汰しておりました。何年ぶりでの再会でしょうか。本当に偶然なる出会いとなってしまいました。まさか、このような巡り合わせになろうとは、夢にも思いませんでした。でも思いのほか、お元気の様子で安心しました。お互いに年を取りましたなあ。こうしてお会いしてみますと、過去の別れが嘘であったような思いです。縁なくしてお別れしましたのに、十年近く過ぎた今、再会という縁を与えられた僕は大いに喜んでいます。それにしても、あをいの妻となられたしのさんが、あなたの娘さんと知った時は、さすがに驚きました。しのさんは、とても良い娘さんですなあ。子どもでは、あなたに先を越されてしまいましたけれど、その子どもさんが、弟の妻であるってこともまた奇遇だと思います。過去において、あなたのご姉妹に一度も会わなかった僕が、今日会えたってこともまた、妙ですなあ。お姉さんのお子さんといわれる、あの娘さんは、むしろあなたに似ていましたよ。叔母の方に似ることもあるって聞きましたけど、実によくあなたに似ていました」

何も知らぬ彼は感心したように、私からの返答を待っていた。しかしただ喋る彼を凝視するだけで、「はい」の一言も言えなかった。

「いやはや、過去はあまりにも遠くなっていた。あなたは琴の道を貫き通され、師となっていられるそうで、あの日の演舞姿を、もう一度拝見したいですね。僕もお陰様で、会計士の資格を取り、年中飛び回っています。互いに若き日の夢が果たされたってことになりますかなあ」

明るく振る舞うその紳士は、口調ほど明るさはなく、むしろ暗い翳りを漂わせ、臆病になっているように見せようとしているかのように思えた。

今、この人をもちろん恨んではいなかった。しかし、恨みは十年前に捨ててしまったと同様、感激もまた過去に捨ててしまった。恨みも、懐かしみも何もなく、しのの義兄、波立凌との初対面であると自分に言い聞かせていた。にもかかわらず、初対面の挨拶もすぐには、何も口から出てこなかった。

「この度は、しのの結婚に際しまして、色々お力添えいただいたこと、改めてお礼申し上げます。あの娘は母親には恵まれぬ可哀想な娘でしただけに、あをい様の妻として、また母として立派に美しくあるものと信じております。これから先も、どうぞしのの良き相談相手となってあげてくださいませ」

冷静で言ったつもりの声は掠れ、震える声であった。そして再び無性に悲しくなって涙を流した。彼との愛、そして別れにおいても、一度も見せることがなかった涙を、何の恥じらいもなく流したのである。

そして彼は突然、語りかけた。

「湖月さん、過去の僕を許してください。いいえ、たとえ許さぬあなたであっても、仕方ありますまい。過去は過去であって、今更何になりましょうか。しかし、あなたの人生は何と不幸の日々だったのでしょう。弁膜症であるが故に一人の子も産めなかったあなたは、その分、しのさんへ完全なる愛を注がれたとお聞きしました。弟との結婚が近い日にあなたのことを知った僕は、この巡り合わせを喜んで良いものか悲しんで良いものなのか、分かりませんでした。しかし、しのさんが、あなたの実子でないと気づいた時、なぜか気の慰めを見出しました。もちろん年齢から言って、あなたの実子であろうはずはないのですが、あまりの偶然に、年齢を忘れてしまっていたのです。たとえ実母でないあなたであっても、しのさんとの切れぬ親子という間柄において、波立家の代表として、お見舞いに参ったのです。おそらく、あなたでなかったら、永遠に再会を見ない終わりであった二人かもしれません。今、神は四十歳近い私たちを過去から呼び戻させ、再会を許してくださったのだと思います。そうじゃないでしょうか、湖月さん。今更、たとえ許してくだされぬあなたの心であっても、この認めた手紙を、もしも読んでくださるだけの変わらぬお気持ちがおありでしたら、私を心から笑って、あなたの心の安らぎとしてください」

か細くなった私の右手を取り、その分厚い封書をそっと握らせてくれた感触は、忘れ去っていた女を意識させた。しかしその女も、束の間の出来心のように、再び愛は消されていた。愛をかきたたせ、維持しておくほどの体力は、なくなっていた。そして再び沈黙が、二人の胸中を去来するように、流れていった。

久しぶりに喜ばせたのは、知博の公判という知らせであった。

当時被告、野々原知博は、浪人中というハンデ、さらには、家庭生活苦の中で精神的苦痛故に犯した犯行だった。その後、被告は罪を悔いた。

このことを、野々原の妻今日子夫人から報告を聞いた。気になりながらも、彼の姿をはっきり感じ取ることができた。

「良かった、知博が私の命のあるうちに帰ってくる。良かった」

野々原の妻とともに手を取りあい、泣いたのである。

四ヶ月間の病床生活の私に変わって、相変わらず知博の元に通ってくださる鈴子さんに感激しつつ、知博の報告を鈴子さんに知らせたのである。

「小母さん、今夜とても顔色が……」

鈴子さんの笑顔から一声かけられた。

「ええ。今夜とても自分ながら気分が良いの」

微笑し答えた。

「鈴子さん、あなたにはご迷惑をかけてごめんなさいね。心ない私のために、とんだ笑い者とさせてしまって本当にごめんなさいね。私の死後はもう誰にも気がねなく、好きな道を進んでくださいね。立派な、美しい看護師、鈴子さん」

つぶやく私に、それまで花を直していた彼女の手はぴたりと動きを止めて振り返り、すぐさま私のベッドに進み寄った。

「あのね小母さんに助けていただかなかった鈴子でしたら、永遠に病の人の苦しみを理解できずに終えてしまったと思います。看護師になれた幸福は、私の人生最大なる幸福であると思っております。頼りの母の死に泣いていた私を尋ねてくださいました小母さんに、母が近くに来てくれたのだろうと思いました」

私に感謝の言葉を伝える鈴子さんだった。

手術中に死ぬのではないだろうか。私の生命の残された日に数十年間綴られたノートを整理する日が、今、訪れたことに気づいた。たとえ許してくれぬ、いほりであっても今こそ書き綴らなければ永遠に私の生命は消え去ってしまうような気がしてならなかった。

なぜなのか知らないがとにかく、書かなければ終えられぬ私の人生であるようにペンを握っていた。

そこには意識せぬまま、奮い起こさせる親子の血の流れ、切っても切れぬ感情が根強く残されている血の結びつきだった。

その人との命ある日に、記しておくべき重大性が己の血をわきたたせ、私の死後、現在いほりが、数年後には人妻となり、たとえいほりの日に触れぬ内容になっても、書かなければならぬ決心が、さらに深まっていったのである。

死の魂が、無情に私の血を湧きたたせ、書く気力そのものが、その日その日の命を継ぐ頼みのように、いほりの知らぬ生みの母、湖月弘子の人生を書きとどめたかったのである。

近頃では未来というものが、現在と過去の前に大きく立ち塞がってしまったのか、過ぎし日の心に占められていたはずの思い出ばかりが去来する。

故郷へ帰ったおり、新舞子海岸の奈都美さんとの対面をみずに帰ってしまったことに、大いに後悔し、無性に会いたい望郷の念にかられた。

もう、会わずじまいとなってしまうのだろうか。そしてまた琴線をこの動きある指でもう一度触ってみたい。その琴は今寂しい家で静かに私の帰りを待って架けられているのだ。

奈都美さんに会いたいのと同様、永遠なる故郷の土となる前に、視力あるこの両眼で、もう一度、故郷、さらには年老いた父母をも、見ておきたい激しい懐かしさが込み上げて来た。

見られぬ身と思うことが故に、尚更慕わせているのであった。絶望が故の憧れとなってしまっていた。

元来痩せすぎの私の体は、この数ヶ月中に、骨ばかりがさらに突き出し、蒼白い肌に紫色の血の流れが幾筋にも手足に、はっきりすき通り見えていた。

そしてふと忘れていた左腕の傷口に目が留まった。右足の腿のつけ根近くにも、数倍もの大きなカテーテルの傷が今まで残っているのだ。しかしもはや確かめ見る元気もなく、遠い、遠い娘時代の「そんな思い出もあったのだ」という過去として消え去っていくように思えた。

四月十日の今日には、書き続けるノートに走らせるペン持つ時間よりも、休憩する時間の方がはるかに長く、はあはあ、肩で息を繰り返しながら、もうだめなのかしら、死は迫っているのかしら、いやいやと励ましつつ書き綴ることができた。

病室の都合で個室へ入ったものの、治療費の支払いが気になり始め、周りの近親者に大部屋へ移してほしい旨を告げた。しかし誰一人して同意するものもなく、「はい、はい分かりました。でもまだ大部屋はいっぱいでだめなんですって」としてしまうことが、尚更私の心の負担となり、妹、さらには故郷の父母の援助を受けることはたまらなく辛く哀しいものであった
死期の最後まで、迷惑のかけ通しで終える私の一生であるかと思うと、死が今すぐ私の

命を攫ってくれることを必死で願う夜となっていた。

そんなこんなで、姉たちが帰った数日後、四十度近い高熱に襲われたのである。それでも翌日の夕刻には三十七度と下り、蒼白い頬に、紫色の荒れた口唇となっていた。

その苦しみの中でもこのノートだけは手放せなかった。

死期の最後の瞬間、この世から目を落とす瞬間、このノートにしがみつこうと決心している。ノートから目を離した時、それは湖月弘子の生涯を閉じる日であると思う。

今すぐ死ぬということではないにしても、死の道は徐々に迫っているのだ。この二、三ヶ月もの入院生活において死の道は、免れぬものと確信している。

入院中よりさらに増した心臓の衰弱、さらには他の病気の併発となってきていることも私なりに知っている。たとえ知らせられぬことであっても薬の苦み、注射の具合、医師、看護師の、ほんの気にならぬ細やかな行動から、死にゆく鮮明度のある魂が異常な敏感さで教えてくれたのだった。

所詮病人は私であって医師でもなければ、心から慕い愛情を注いでくれる身内の誰でもないのだ。

細胞の一つ一つが日毎、さらには数時間毎に崩壊し、部分的麻痺は全身に及び、胸から発射される呼びかけの神経は、次第に無感覚となり、身動きの自由は精神力から、かすかに握るペンとノートであるかのようになっていた。しかしこのノートとも早や別れの日が迫ってきているかもしれないのだ。

先夜の高熱のため、ほとんど眠っていなかったせいか、その夜は珍しくぐっすり安眠できたのである。

安眠したせいか翌朝の目覚めはすこぶる快く晴れゆく気分を味わっていたのである。

その日午後三時過ぎ、休日でもない春名君に連れられた、かつての琴グループの仲間の二人との再会は有頂天となるほどで、会話に花を咲かせたのである。

まったく久方ぶりでの会話であった。

当時のくりくり坊主の彼らは「もう一度、湖月さんの手ほどきを受けて一緒に演奏したいですね。まあ、すぐに回復なさらずとも、元気になられたら、お手あわせを約束しておいていただこう」と、さも私が回復でもするかのように励ますのであった。そしてつい諦めた身と知りながらも「そうね、もう長い間ご一緒しませんでしたわね、その日が来ましたらお手柔らかにお願いしますわ」

自然な会話となって発せられていた。

賑わった会話の後、彼らは帰っていった。

今私が死にゆくであろう三十七年の生涯において、幾百人の人々に会いそして別れたのであろうか。小さな別れもあれば、永久の別れもあった。

一時は恨んだ人となった波立凌さんも、死にゆける今、その子との再会となった私の人生は、幸福なる産物、愛情であったと感謝しなければならないのだろう。この世では縁なき人として「夫婦」という一字も書きあげられなかった私にも、来世があるとしたならば誤解のない真実の愛となって、夫婦となるのだ。その幸福な夫婦の一字を書きあげるべく一足先にこの縁なき宿命から旅立とう。

故郷での幼かりし日の夕刻、黄色の花弁が見る間に開花してゆく、月見草の花に感嘆し幾度飽きず眺めたことが、懐かしい昔の思い出となって胸に蘇る。

今、私の人生は昔に見た月見草の花のように、一瞬にして開花しゆく人生の結末を終えるようだ。心は月見草の花を無心に眺め見た童心に返っている。

何とも言えぬ心の和みであった。

月見草のような人生を辿りながらも愛らしき花弁を持たぬ、めしべが一つの身体の不自由な女の生涯を閉じつつあった。

未来の世に誓おう。たとえ未来の世でも泣くか弱い女の身となって生まれついても、魅惑で殺す女と生まれつくことができる宿命なら女でいい、女でいい。死にゆける己の魂にそう呼び続ける。

＊　＊　＊

ここで姉、弘子の生涯のノートは閉じられていました。それは、手術を十日後に控えた四月二十日の「スグキタレ」の一報を得て、一人上京した夜でした。

まったくペンを取らなくなって二日後の夕刻、思わぬ死の道から脱したような、はっきりした意識で再び見守る姉がノートとペンを要求したのです。

しかしもはや生命の終わりの細胞分裂が、そのたった一つの気力であった書くことも許さぬ、蝕まれた肉体となっていたのです。

それでも弘子の勝ち気さは、最後まで守られるかのように保たれていましたが、ついに痛々しい涙を流し、静かに首をふったのです。

翌朝午前〇時も少々回ったころ、突然うめき声を上げた弘子は、その力ない左指の先で何ものかを指していたようです。が、ついに苦痛が弘子を安らかな永遠の眠りに誘い、満足の得られぬまま目を落としたのです。ほんの一瞬にしての心臓停止でした。宿直医、看護師の見えられた時には、もうこの世から旅立っていたのです。午前〇時十分過ぎついに永眠したのです。

この世での弘子には、死にゆける最後まで、満足ではいられない死となってしまったのでしょう。生涯において、たった一人愛し得た男性、愛したが故に身ごもりそして産んだ姉の生涯は、第三者の私たちには大いなる疑問はありましても、彼女なりの解決方法をとり、異常なほどの生命への愛着が、いほりという生命誕生となったのでありましょう。

不憫な姉といえば、不憫。しかし彼女にも、生涯に一人愛し得た情熱は、高く買われるものがあるのではないか、と私は妹の立場として自負しております。

心臓発作から来た心臓麻痺との医師からの臨終を告げられた後、合掌させる右指三本に彼女の死を共にした琴の爪が嵌められており、二度の哀しみを味わったのです。

いつ嵌められたのか？　まったく不思議な思いですが、琴の音の愛着が何となしに付けさせたものであったのかもしれません。琴の音は弘子とともに生涯を終え、死の道の最後においても、その道だけが彼女の唯一の取り返されぬ生くる道、死せる道であったのでしょう。

来世の世を強く主張していた彼女は、万一来世があるとしたならと最近まで信じ、その唯一の生きる道、財産、心の支えとして誰かが身に付けさせていったのでありましょう。もし弘子を罪ある母と世間のあなた方がおっしゃるならば、誕生という生きる道を与えられながらも闇に葬り捨てる人々は、むしろ殺人犯とも言える母たちではないでしょうか。

　だからといって決して弘子の辿った母としての生き方は誇り得るべきものでないことはもちろんです。最後の最後まで苦しんでいたでしょう。いほりについて、たとえ勝ち気な弘子であってもついに死の最後まで、一言も口に出さずに生涯を終えました。

　十年間伏せられていた父親を、この手記より初めて知り得た今、その人には手紙を差し上げたのです。

　いほりを連れて上京した弘子の上の姉夫婦でしたが、ついに弘子の死に目には会えませんでした。しかし小さな骨つぼに納められた姉、弘子の遺骨は、何も知らぬ小さないほりの両手にしっかりと握られ、故郷に向かったのです。

　車窓に移り変わる景色の中で、青空は永遠に続く青さで、満ちたりた空になりました。青空から離れた午後の西空には雲の峰で形作られた雪を抱く山脈のような雲の陰影で重ね作られていました。美しい自然の山脈でした。

　白布で包まれた骨箱が、いほりの両手で抱きしめられる際、涙が無性に出、抑えるのが一苦労でした。

　ノートとともに納められた品は、みな弘子の思い出につながる形見の品ばかりでした。

　山田流の一本の琴爪、名も知らぬ貝がら、さらには二通の手紙が封したまま入られておりました。

一通は新舞子浜の奈都美さん、そして、いほりへ宛てられた開封の手紙が見つけられました。

初七日も過ぎた午後、この遺書を届けるべく、奈都美さん宅へ一人伺ったのです。

その帰り弘子が愛した新舞子浜へ立ち寄ってみました。なぜ無害のこの海を生涯こよなく彼女が愛したのか、この自然美の景観に浸ってみて始めて知ることができ、何とも言えぬ激情の涙があふれて参りました。

四月中旬というのに北国の肌寒い春の陽光を、いっぱい浴び光る貝殻、大きな怒濤。さらには寄せては帰すさざ波、弘子が肌身離さず持ち続けていた貝殻の一つを今、自然の中で光る多くの貝殻とともに美しくある白浜に帰し、そこを後にしたのです。

振り返り見た時、もはやどの貝殻が、弘子の形見の輝きなのか、見分けつかぬ自然の美に帰って輝いておりました。

弘子も故郷の自然の土に帰ったように、弘子の手に握られた貝殻も自然の砂浜の生まれ故郷へ帰ったのです。

何もかもが自然に帰っていったのです。

月夜の浜辺で口ずさんだというあの夜の調べが海の彼方から流れて来るような郷愁の思いで新舞子浜を後にしたのです。

一

砂浜にうもれし貝の
名も知らぬ
寄する波間に一つずつ
洗われてゆく白き貝
君と集めしその貝の
心に寄するさざ波の音

二

荒波に誘われてゆく
白き貝
ふるえしその手差しのべて
涙一筋すぎし日の
磯の香りか、君の香か
その貝の名は今も知らず

三

砂浜にうもれし貝よ

その貝は今も変らず
ささやくは潮風の音君忍び
ひろいし貝の名も知らず
我一人して佇む浜辺
ああ、その貝の名は
今日も知らず

弘子の上の姉夫婦はいよいよ明日の夕刻には車中の人となり、娘いほりとともに大阪に帰らなければならぬ切羽詰まった夕刻、いほりを連れて、一人弘子の眠る墓へ訪れ、永い別れをすべく長い黙禱を捧げて大阪に帰りました。

コロチンという私の一声に、ピンと両耳を立てると私の行き先がすぐ理解できたらしく先になり、駆け出していました。

小高い丘に眠る弘子の墓地は、内郷の地を一望の下に見渡せる静かな場所にありました。花びらのような淡い雪が時折眠る地に舞い降りるのでした。

弘子の墓地に着くころには、すでに先頭になって駆けていたコロチンは悲哀のこもった眼差しでうなだれ私の来るのを待っていました。

その時のコロチンの瞳は、まるで動物をかけ離れ訴える眼差しであるような一瞬怯ませるものがありました。

私の姿を見た瞬間、何を思いたったのか墓へ向かって「ワン」と一鳴きしたのです。

その時に見つかったのは山田流の琴爪の一つでした。他の二つは十数年前、雪深い山肌に若き命を断った青年へ送った爪二つ、そして弘子の元へ残されていたたった一つの爪でした。

弘子の骨つぼがこの墓へ入れられた時、そっと納めた琴爪だったのです。

山田流のそれぞれの琴爪は、弘子とともに死に同行したのです。

「コロチン、弘ちゃんの爪を二度とほり返してはだめよ。この爪は弘ちゃんが大切にしていたものなのですからね、地に眠る弘ちゃんの香りが、コロチンの鼻をついたのね」

私の言う意味が理解できたように、うなだれたかっこうで地に視線を落とすコロチンでした。

そしてふとポケットの中にしまいこんで来た手紙を取り出し開封し弘子に読みあげる決心をしました。

あなたの急死を知らされながらも今僕はあなたの死を信じたくはありません。

妹さんから手紙をいただくまであなたのことは、すでに過ぎし日の思い出として整理されていたつもりです。

過去の日が再び私を激しく責め立て始めたのです。

それはあなたとの心の隔たりを感じて間もない日でした。母に連れられた和服姿の女性と我が家で初対面し夕食を共にいたしたのです。

それが思いもかけぬ私の見合いであったのです。その事実を知ったのは、二、三日も過ぎた夕刻時でした。

最初は無性に腹立たしく怒声を上げたい思いにかられながらも、母を叱る勇気はありませんでした。なぜならば、そこには母性愛の強さがひしと感じられたからです。

でも私ははっきり見合いする意志も、その人との結婚も皆無であることを告白しました。

それで幾月かが過ぎ去ってゆきました。感心のなかった私には、どのくらいの月日であったかは思い出せません。

しかしついに私の決心を見事覆す日がやってきました。

それは忘れもしないあなたの琴演奏発表会における二曲目の合同演奏の幕が切られた時

でした。

観客の中からあなたの全てを必死でみつめ、ほんのちょっと視線をはずし再度舞台をみつめた瞬間、あなたより三、四人下手に確かに見覚えのある顔が目に映ったのです。一瞬間固唾を呑みその人をみつめ次の瞬間はプログラムをめくりその人の名を発見したのです。あまりのことに思わず大声を張り上げイスから転げ落ちそうになるほど鼓動が、馬の蹄のような大きさで激しく響き、打ち続けました。その瞬間がその人を愛する決定的一瞬となったのです。

無断で見合いをさせられたという抵抗のみで今まで立腹していた自分が不思議なほど、今日の演奏会の招待は、その人の会に招かれたような思いで、曲の終了までその人を見続けていたのです。

女性らしいふくよかな健康美に輝くその人の姿を発見し、いつしか心に深く焼きつき、忘れられぬ人となったのです。

あの瞬時の心があなたとの愛、溝の入った愛を本気で捨てさせる私の第一歩とさせたのです。

しかし曲の終了間際になって再びあなたと接した時、やはりあなたへの愛がその人以上に強いのに気づき幾日間もの自問自答を試み続け、永遠の別れというあなたへの結論を下す心構えができておりながら、どうしてもあなたとの愛を完全に断ち切れるものではありませんでした。

その愛を完全に断ち切ったのは、潔癖さで守り続けたあなたが事もあろうに別れの迫りを意識しながらも身を許したことでした。

当時の私には、もっとも崇高なる潔癖がむしろあなたの美で、肉体的関係を持つ相手でないことを許されてみてはっきり知ったのです。

気づいた時、愛は完全にあの人へ移りきっていました。

崇高なる潔癖を愛した身を僕に許されてしまったあなたの美は、もう何もなく、弁膜症の重荷だけが心の負担となり別れの結論を下しました。しかしその時あなたはすでに精密検査を済ませ、結果を待つ身となっていたのです。

だからといって、一度冷めた愛を取り戻すことは、まったく不可能となり、無慈悲なる暴言を吐いてしまったのです。

意志の強いあなたは、必ずや立ち上がってくださることを確信し自身の心に鞭打ちつつ心中では許しを願いながら別れとしたのです。

むしろ苦しみはそれからでした。

自身の心の貧しさ、さらにはこの女性の出現に、数日間悩み、同時に二人の女性を捨てる決心となっていたのです。

しかしその苦痛に喘ぐ私を実に豊満な女の愛で包み、介抱してくれたのが当時の見合いの相手、現在の妻だったのです。

その年の十一月挙式、翌年十月には長男、三年後には長女を授かり、子どもとの楽しい明け暮れとなり、親バカも発揮し心から満足しきった生活となっておりました。

私には子どもが生涯であり、子のない家庭生活は、到底に考えられぬものでした。あの会を最後に妻となったその日から琴の道から手を引かせました。

忘れ得た人の思慕となって返されるのか、やはり耐えきれぬ苦痛と思えたからです。あの会が私の琴鑑賞をした最後の日となり、永遠に琴の音からしか分断されない生活としておりました。しかし今はあなたと同じ琴を生かして正式に教授資格を取るのだと言っております。

わだかまりなくその音を十分愛することができるだろうと思っております。

かつてあなたとの約束事であった会計士資格を得た私、そして琴教授資格を取ろうと頑張り、その気で生活をかけられたあなた。

生活する場所は異にしても互いにその目的達成を果たし得たこととして非常に誇れるものであると思っております。

ここで、波立凌氏の手紙は結ばれていました。

「弘ちゃん、いほりのお母さん、いほりを産んでくれてありがとう。この尊い命を生かした弘ちゃん、あなたはこの手紙をどんな気持ちで聞きましたか。再会の一つ一つが弘ちゃんのイメージを崩し、最後に残された彼の心だけは永遠の思い出に込められたまま、今にも死へ旅立ちとしたかったのね。弘ちゃんの気持ち、私にはよく分かりますよ。波立さんのお手紙読みあげましたけれど聞こえましたか？」

その瞬間、答える墓石が心なしかゆれ動いたように思われ、弘子の眠る土に涙する私でした。

うなだれ聞きいっているコロチンに「さあ帰ろう」と頭をさすると、その合図に、ゆっくりお尻を上げ、とぼとぼ後ろからついてきます。

「弘ちゃん、夏休みまでお会いできませんけれど安らかにお眠りになってくださいね」

遅咲きの桜の香り、散りゆく花びらの一枚、一枚にも、染まる夕焼けを仰ぎつつ、どこからともなく妻琴の音が姉の眠る墓地に吸い込まれてゆく四月末日でした。

弾き主を逸した妻琴は今なお姉を愛する大小、様々の傷跡をとどめ、故郷の家へ置かれました。

地に眠る姉一人残し、一段と夕闇迫った墓地を背にコロチンとともに、私は家路へと急いだのです。

著者プロフィール

臼庭 京子（うすにわ きょうこ）

1945年、福島県生まれ。

文京女学院医学技術科（現・文京学院大学）卒業。臨床検査技師として病院に勤務。１男１女あり。

東日本大震災後、地元病院職員不足のため、社会とのつながりに感謝し現在週２日程度の勤務。

妻琴の記

2019年５月15日　初版第１刷発行

著　者　臼庭 京子
発行者　瓜谷 綱延
発行所　株式会社文芸社
〒160-0022　東京都新宿区新宿1－10－1
電話　03-5369-3060（代表）
03-5369-2299（販売）

印刷所　株式会社フクイン

ISBN978-4-286-20542-7